ある化学者《ケミスト》転生
～記憶を駆使した錬成品は、規格外の良品です～
Alchemist-Tensei
著
黄舞
KOUBU
Illustration：カラスロ

主な登場人物
Main Characters
オティス
元気なテイマーの少年。スライムの扱いならお手の物。
ハンス
本作の主人公。前世の化学者《ケミスト》としての知識を使い、ホワイトギルドのマスターとして成り上がっていく。
ソフィア
凄腕の探索者《シーカー》。ギルドから独立したハンスを支える。

マーベル
最強クラスの魔法使い。
ハンスに興味を
抱いている。
アイリーン
知的なエルフ美女。
とある出来事をきっかけに
ハンスをマスターと慕う。
カーラ
ハーフドワーフの鍛冶師。
腕は優秀だが
性格にやや癖がある。

章一――お前を雇ってくれるところなんて――

「おいハンス！　この魔法薬、間違ってるだろ!?　用意するのは初級が十本じゃなくて、初級、中級、上級がそれぞれ十本ずつだ！　納期は明日だぞ！　分かってんのか!?」

俺の所属するギルド【白龍《はくりゅう》の風《かぜ》】に怒声が鳴り響く。

その矛先《ほこさき》はいつも通り、錬金術師《アルケミスト》がよく着る服装をした黒髪黒目の男、つまり俺、ハンスに向かっている。

場所はギルド長室。豪華《ごうか》な調度品《ちょうどひん》がところ狭《せま》しと並べられている部屋だ。

部屋にいるのは、俺を怒鳴りつけているギルド長のゴードンと、俺だけ。

俺を擁護《ようご》してくれそうな人などいないのだから、自分で弁明するしかない。

「しかしギルド長。指示いただいた時は、間違いなく作るのは初級魔法薬だけだと。この納入先は、いつも三種類を頼まれているので確認したはずです。ここにメモも――」

「なんだと!?　俺のせいだって言う気か!!　この無能が!!　くだらん言い訳している暇があったら、さっさと残りの魔法薬を作り始めろ!!　間に合わなくて損害が出たら、全部お前の責任だからな!!」

「ちょっと待ってください。発注を受けた時に始めれば間違いなく間に合いました。しかし、今からじゃとても……それに、その納入品の終了報告は随分前にしていたはずです。せめてその時に言ってもらえていれば……」

「なんだと？　まだ言い訳をするのか？　お前の替えなんていくらでもいるんだぞ」

目が痛くなるような、ギラギラした装飾を身にまとったギルド長は、いつも通りの脅《おど》し文句を投げかけてきた。

身寄りがなかった俺の才能を見出してくれて育ててくれたのは、間違いなくギルド長だ。

その点については感謝している。

逆に言うとここでの仕事を失ってしまえば、他に知識も何もない俺は、野垂《のた》れ死ぬ運命だというのも分かっている。

そのことは、決まり文句のように続く、ギルド長のこの言葉でも物語っていた。

「ハンス。お前みたいな無能を使ってくれるようなところなんて、他にないんだぞ？　そんなお前を使ってやってるんだ。感謝すべきなのに、お前といったらいつになったら役に立てるようになるんだ」

「すみません。急いで間に合わせます。徹夜になると思いますので、工房の使用許可をください」

「まったく！　工房を使うのだってタダじゃないんだぞ。間に合っても、今回の件はお前の落ち度だ。残業した分の経費はお前の分から引くからな」

「はい。分かりました。それで構いません」

それだけ言うと、ギルド長は去っていく。

俺は大急ぎで工房に向かい、足りない中級魔法薬と上級魔法薬を作り始めた。

工房には様々な素材が無造作《むぞうさ》に積み上げられていて、錬成に必要な器具が雑多に置かれたままになっていた。

器具は俺の私物だが、他にこの工房を使う者もいないので、俺が使いやすいように置いているのだ。

俺は素材の山から魔法薬に必要なものを選別し机に載せる。

まずはこれを砕《くだ》いて細かくして、魔法薬に必要な成分を取り出す作業をするのだ。

しかし本来のやり方なら、とてもじゃないが間に合わない。

いつも通り、俺は独自にアレンジした方式で、順に魔法薬を生成していく。

まずは【酸性抽出】。

俺が作った言葉で、これをやるのとやらないのとでは抽出の速度に大きな差が生じる。

普通の方法、つまり一般的な抽出作業では素材を水でただひたすら煮るだけだが、酸性抽出では水にスライムの酸液を加える。

これを加えることで、素材に含まれている魔法薬の成分が、格段に速く水の中へと溶け込む。

十分《じゅうぶん》に煮たら、今度はアルカリアの草の灰を加える。

こうすることで、成分が容器の底にたまる。

これが魔法薬の元となるもの。

普通にやれば手に入れるために相当な時間がかかるが、酸性抽出ならばこのようにすぐに入手できる。

問題は、素材自体の質が悪いと、邪魔な成分も含まれていて魔法薬には使えないということ。

このまま作れば、魔法薬の品質が下がってしまう。

そのため、ここからその不純物を取り除く作業が必要だ。

俺は慣れた手つきで作業に取りかかった。


「ふぅ。なんとか間に合った」

俺が魔法薬を作り終えたのは朝日が上ったあとだった。

眠い目を擦りながら、納品しに行く。

向かったのはいつも通りギルド長室。

扉を叩《たた》き、返事を待ってから入る。

「ギルド長、なんとか間に合いました。中級魔法薬と上級魔法薬がそれぞれ十本です。確認をお願いします」

俺はそう言って、作り終えたばかりの魔法薬をギルド長の目の前にある机に並べていく。

ギルド長は魔法薬を一瞥《いちべつ》すると、懐《ふところ》から銀貨を一枚取り出し、こちらに向かって放り投げた。

慌てて空中で掴《つか》み取ろうとして失敗し、床に転がる銀貨をしゃがんで拾う。

ギルド長は尊大な口調で言った。

「ギリギリだが、まぁ間に合ったんだから許してやる。お前は昔っからそうだ。俺がいないと、ろくに期限も守れないんだからな」

「あの、これは？」

「あ⁉　今回の報酬だろ。分かんねぇのか？　お前の首の上には何が乗っかってるんだ？　帽子の台か？　いらねぇなら返せ」

「いえ、今回の報酬は金貨一枚だったはずです。これではとても……」

銀貨百枚で金貨一枚の価値だ。

銀貨一枚ではパン一個買うくらいしかできない。

いくら徹夜で工房を使った分を差し引くとは言っても、これではあまりに少なすぎる。

すると、ギルド長は露骨に優しげな顔をしてみせた。

「ハンス。いいか？　これはお前に対しての親心だ。人間は間違いから成長していく。ここでお前を甘やかしたら、親代わりである俺が、お前の成長を妨《さまた》げてしまうことになるだろう？　……そんなことより、これが次の仕事だ。明後日までに精錬《せいれん》銅と精錬鉄を二十。さっさと始めろ」

「ちょっと待ってください。さっきまで徹夜でやっていたんです。明後日が納期だなんて……それに、他にも仕事は山積みなんです。今から始めたらまた徹夜ですよ！」

実を言えば徹夜は昨日が久しぶりだけれど、深夜まで働いているのはここ最近ずっとのことだ。短い納期や今回のような指示ミスによる追加の仕事のせいで、休むことなく働いている。

決まった休みがないのはどの職業でも一緒だけれど、さすがにこのまま続ければ倒れてしまう。

俺の反論に、ギルド長は表情を一変させて不機嫌な顔になった。

「そんなの知るか。間に合わないのはお前が無能だからだろうが。文句があるなら他の働き口を探せ！　どうせお前みたいな無能を使ってくれるようなところなんて――」

「分かりました。辞めます」

「あ!?　お、お前！　今なんて言った？」

「辞めます。今まで僕みたいな無能を使っていただきありがとうございました。でも、もう無理です」

正直、もう限界だった。

育ててもらった恩はある。

また、ギルド長が言うように、こんな俺を他に雇ってくれるところなんかないのだろう。

それでも、俺はもうここで働いていく自信も気力も体力も全て失ってしまっていた。

「ば、馬鹿言うな。お前みたいな――」

「いいんです。心配してくれている気持ちは痛いほど分かります。でもこれ以上は無理ですし、ご迷惑もかけられません。それでは失礼します」

「お、おい！　一日くらい休みを取らせてやってもいいぞ！　休んだら来い！　分かったな⁉　俺の優しい親心が分からないお前じゃないだろう⁉」

突然休みをくれると言いだしたギルド長だが、どういう風の吹き回しだろうか。

だが、俺はもう決めたのだ。

それにただでさえ迷惑をかけているのに、休みを取るなんて迷惑の上乗せになってしまう。

「いいえ。大丈夫です。それでは、今までありがとうございました。ギルド長もお元気で」

俺は未練が残らないよう、走って部屋をあとにした。

後ろではまだギルド長が何かを叫んでいたが、耳を塞《ふさ》ぎ聞かないようにして全速力で駆けた。

走って、走って、走って。

流れていく街並みを気にもせず、行く当てもなく走り続けた。

息が切れ、そこで立ち止まる。

気がついた時には、俺は街の中心にあるダンジョンの入口まで来ていた。

屈強《くっきょう》そうな探索者《シーカー》が、どんどん入口に入っていく。

彼らはほとんどが武具を身に着けている。それほどダンジョン内が危険な場所だということだろう。

ダンジョンはこの街の基幹産業であり、色々な意味で街の中心だ。

その中には良質な素材となる植物や鉱石があり、そしてモンスターたちがいる。

凶悪なモンスターたちも、見事討伐できれば、他では手に入れることのできない様々な素材に変わる。

「過去の遺物」と呼ばれるとんでもない宝物が見つかることもあり、多くの者がパーティを組んでダンジョンに挑むのだ。

人々は彼らのことを探索者《シーカー》と呼ぶ。

その探索者《シーカー》を支援するために、様々な職人が集まり、この街オリジンを形成している。

探索者《シーカー》や職人連中をまとめあげるのがギルトだ。

大小様々なギルドが多くの職人を抱え、探索者《シーカー》の無茶な要求に応《こた》えている。

俺がさっきまで所属していた【白龍の風】は、ギルドの中でも一、二を争う、総合ギルドだ。

職人の集まりであるギルドには、単一の分野における職人が集まる専門ギルドと、異なる分野の職人がいる総合ギルドがある。

当然ながら、一般的には総合ギルドの方が規模が大きい。

【白龍の風】には多くの探索者《シーカー》が所属し、また、多種多様な職人たちを抱えていた。

と言っても錬金術師《アルケミスト》は俺一人だったけれど。

俺は探索者《シーカー》につられて、ダンジョンの入口——通称『奈落』の前に近付いていた。

最奥部《さいおうぶ》がどうなっているかすら分からない、『奈落』の口がぽっかりと空《あ》いている。

「このまま一歩を踏み出せば、こんなちっぽけな人生を終わらせられるかな……」

そんなことを呟《つぶや》きながら、俺はダンジョンの入口を見つめていた。

戦闘技能を持たない俺がダンジョンに踏み込めば、間違いなく死が訪れるだろう。

「……!?」

次の瞬間、俺の頭に今まで見たこともない情報がとめどなく流れてきた。

あまりの情報量に目眩《めまい》がして、その場にうずくまる。

——白い薄手の外套《がいとう》のようなものを着た男たちが、大量に並べられたガラスの容器の前で何かをしている。

正確に重さを計る器械や、容器の中にある小さな白い石棒みたいなものを自動で回す器械が見える。

その後も様々な場面が俺の頭の中に現れては消えてゆく。

「こ、これは……そうか。思い出したぞ。俺はまた同じ過《あやま》ちを……」

頭に流れてきたのは、俺の前世の記憶だった。

日本という、この世界とは異なる国で暮らしていた前世の俺はいわゆるブラック企業に就職し、無能と言われ続け、電車を待つホームに立ち、今と同じことを考えていた。

結局、ホームから飛び下りることも、仕事を辞めることもできずに、俺は過労死してしまう。

前世の俺の職業は——化学者《ケミスト》。

今いるこの世界にはない、地球という異世界の職業だ。

しかし俺の今の職業、錬金術師《アルケミスト》と似ている部分も多い。酸性抽出をはじめとする俺独自のアレンジは、前世の記憶が無意識のうちに浮かび上がり、踏襲した方法だったようだ。


それからしばらくうずくまっていた時だ。

「どうした？　大丈夫か？　それにその格好、とてもこれからダンジョンに潜《もぐ》る格好じゃ……って、おい。うちの錬金術師《アルケミスト》様じゃないか。こんなところで何をしているんだ？」

「ソフィア？　あ、いや。なんでもないんだ」

背後から聞こえた心配しているような声の方を振り返ると、そこには【白龍の凰】の筆頭探索者《シーカー》、〝魔法剣のソフィア〟が立っていた。

見た目の可憐《かれん》さとは裏腹に、屈強な男たちも敵《かな》わない、魔法と剣術を組みあわせた戦法が持ち味の探索者《シーカー》だ。

トレードマークとも言える紅《くれない》一色のフルプレートアーマーを装備し、腰には白く輝く長剣を提《さ》げている。

まだ街中だからだろうか、ヘルムの部分は腕に抱えていて、綺麗に編《あ》まれた金髪と、人を惹《ひ》きつける碧眼《へきがん》の美貌《びぼう》が露《あらわ》になっていた。

周りを見渡しても他のパーティメンバーは見当たらない。

しかし、俺みたいに気付いたらここにいたというのでなければ、彼女が意味もなくダンジョンの入口に来ることなんてない。今日は一人でダンジョンに潜るのだろうか。

初心者の探索者《シーカー》なら、一人でダンジョンに挑むのは無謀と笑われるが、ソフィアほどの腕前ならたとえ単独で挑むと言っても笑う者はいないだろう。

そんなことを考えながらソフィアの顔を見つめていると、何故か彼女の頬《ほお》が赤く染まった。

「おい。ハンス。私の顔に何か付いているのか？　そんなにじっと見るな」

「え？　ああ。ごめん、ごめん。ソフィアはこれから一人でダンジョンに？　というか俺の名前を知っていたんだね」

無能と罵《ののし》られるばかりの俺と違って、ソフィアは【白龍の風】のエースだ。

俺が彼女を知っているのは当然。

一方、ソフィアが俺のことを、しかも名前まで知っているとは正直驚きだ。

ギルド長に言われて、普段から他のギルドメンバーが集まるところには近寄らないようにしていたので、顔を合わせたのも一、二度くらいだろう。

「うちのギルドでお前を知らない奴なんているのか？」

ソフィアは不思議そうに言ったあと、言葉を続ける。

「私はちょっと魔法薬の素材を取りにな。正直なところ、うちで一から魔法薬を頼むと、他よりずっと高いだろ？　だからせめて素材だけは集めて材料費を浮かせたいんだよ。それでもハンスが作る魔法薬は格別だからな。あれを一度使ったら、二度と他のやつのは飲めん」

「え？　魔法薬なんて誰が作っても一緒じゃないのかい？」

魔法薬というのは、人の体に流れる魔力を回復してくれる薬だ。この世界の人間は、誰しも魔力を持っている。

魔力は魔法の使用などで消耗する。大量に消耗すると疲労感が生じ、更《さら》に使い続けると気絶してしまうことまである。

魔力は時間の経過で回復するので、普通に生活する人は魔法を使ったあとに適宜《てきぎ》休憩すれば問題ないが、常に危険と隣《とな》り合わせの探索者《シーカー》はそうもいかない。ダンジョンで魔力切れを起こしたら、死に直結するからだ。

また、探索者《シーカー》のために作られたと言っても過言ではないこの街では、魔法薬の種類に明確な区別がある。

区分は初級、中級、上級の三つ。それぞれの魔法薬は、生成のための素材も決まっている。

そのため、素材が同じならば出来上がる魔法薬の性能は一緒になると思っていたのだが……そうではないのだろうか。

疑問を抱きつつ、俺はソフィアに続けて言う。

「それに、俺はもうギルドを辞めたんだ。俺みたいな無能はいらないって、前から散々言われていたしね。だから、これからギルドに発注したら新しく雇われた人が作ると思うよ」

そう言った途端、ソフィアの顔が今度は青ざめた。

まるでとんでもなく悲しいことが起こったような表情だ。

「な、なんだって⁉　それにハンスが無能だって⁉　高いとは言ったが、あんな高品質の魔法薬を作れるハンスが無能なわけがないだろう！」

「え？　いや……でも実際に毎日ギルド長に怒鳴られていたけど、ソフィアは知らないの？」

俺の質問に、ソフィアは首を大きく横に振る。

あまりに強く振るので、頭がもげてしまいそうだ。

そういえば探索者《シーカー》がギルド長のところに直接来ることは、滅多にない。

というか、ギルド長のところではその他の職人もほとんど見かけなかった。仕事の話はギルド長から直接受けるはずなのに。

てっきり俺と時間が被《かぶ》ってないのだろうと深く考えずにいたけれど、今考えてみればおかしな話だ。彼らは一体いつ、どこで仕事の話を聞くのだろう？

そう思った俺は、ソフィアに尋ねてみた。

すると、彼女は首を捻《ひね》って答える。

「ギルド長から直接？　そんなことはまずないぞ？　探索者《シーカー》だって職人だって、普通は受付窓口に行くんだ」

「そうなのかい？　あまり受付には近寄るなってギルド長に言われていたから、俺は行かなかったな」

「とにかく！　辞めるなんて嘘だよな？」

「いや。辞めたのは本当なんだ。今更戻れないよ。あれだけ迷惑だと言われ続けてきて、辞めると言って飛び出したんだ。今更どんな顔で戻ればいいか。それに……」

今の俺は正直なところ混乱していた。

親代わりに俺を育ててくれ、言葉は厳しいが、俺みたいな無能を使ってくれていたギルド長。

昔のギルド長は今よりもう少しだけ優しかった。

だから俺がもっとしっかり仕事をこなしていれば、また昔みたいに優しい言葉を投げかけてくれる日が来る——そう信じて今まで頑張ってきた。

ギルド長を信じたいという気持ちはある。

しかし、先ほど思い出した俺の前世の記憶が、どうしてもその考えを揺らがせる。

ギルド長の振る舞いは、日本で言うところのブラック上司のそれと同じだった。

彼の態度は、とてもではないが自分に愛情を持っている者のものではないと、前世の記憶が主張している。

ギルド長は果たして俺を子供のように、家族のように思ってくれていたのだろうか。

それに、ソフィアの話によると、俺はどうやら他のギルドメンバーから隔離されていたらしい。

まるで俺が余計な知識を得ないように、ギルド長がわざと俺を世間から遠ざけていたようにも思える。

俺はしばらく考え、もう少しソフィアに尋ねてみることにした。

「ソフィア。魔法薬をギルドに頼むつもりだと言ったね？　何をどれだけ、いくらで頼む気だったんだい？」

「え？　別に普通だよ。上級を五本。金貨十枚だ」

「は……!?」

「え……？」

俺は思わず目が点になり、口をだらしなく開けてしまった。

その表情を見たソフィアも、困惑の表情を浮かべている。

つまり上級魔法薬一本につき、金貨二枚が相場だってことだ。

素材はソフィアが用意すると言っているのだから、彼女が言った金額はほぼ錬金術師《アルケミスト》の作業料ということになる。

どういうことだ？

いくら儲《もう》けの全てが俺の報酬になるわけじゃないにしても、俺が今までもらってきた報酬は低すぎやしないか？

一体ギルド長は、今までいくら稼いできたというのだろう。

ギルド長に対する疑念が徐々に強くなっていく。

もしかしたら、俺は辞めて正解だったのだろうか。

今となっては、辞めると言った途端にギルド長が手の平を返したのも別の思惑を感じる。まるで、金のなる木を手放したくないとでも言うような……

「おい。本当に大丈夫か？　なんか変だぞ？」

「うん？　ああ。大丈夫だよ。それよりねぇ、ソフィア。その魔法薬、俺に注文しないかい？　もし注文してくれるなら全部まとめて半額の金貨五枚、いや、金貨一枚で受けるけれど」

俺は思わずそんな提案をしてしまう。

ソフィアはとても驚いていた。

「なんだと!?　冗談だろう？　ハンスの作る魔法薬は本当に品質がいいから、一本の値段が金貨二枚でも買うんだ。というか他のギルドに頼んだって、上級魔法薬は一本で金貨一枚はするぞ？」

ということは、一般的な相場は金貨一枚ってことか……まぁでも問題ない。

「それはあのギルドで買ったら、でしょ？　俺がもらっていた報酬に比べれば、これでも十分すぎるほどどさ」

そう言うとソフィアは訝《いぶか》しげな顔を見せるが、嘘は言っていない。

この前の依頼は初級、中級、上級の魔法薬がそれぞれ十本ずつで、報酬は結局たったの銀貨一枚だった。減額される前に提示された報酬でも金貨一枚だ。

しかしソフィアは、上級魔法薬を五本の依頼で金貨を十枚も払おうとしていた。俺からすれば、上級魔法薬が五本ならば金貨一枚でも破格だ。

「そんなに安くなくても頼みたいところだが、ギルドを辞めたってことは、ハンスは今無所属なのだろう？　さすがにこの街の法に触《ふ》れるのはな。しかしハンスの作った魔法薬以外飲みたくないしなぁ。うーん」

「あ、そういえばそうだったな」

この街では、ギルドに所属していない者に仕事を依頼することは禁じられている。

ギルドを守るための法であり、ギルドに所属する職人を守ることにもなる。

「ねぇ。ソフィア。ギルドの作り方を知っているかい？」

「確か、ギルドを作るだけなら申請と登録料の銀貨一枚で作れるはずだぞ。詳しくは知らないが、管理局に行けばきちんと教えてくれるだろう。それがどうかしたのか？」

「だったら、今から俺がギルドを作ればいいんだ。俺を雇ってくれるところがないなら、作ってしまおう！」

「なんだって？」

「ということでソフィア、気が向いたら俺のところに依頼に来てくれ。いつでも歓迎するから」

「あ、おい！　ハンス！」

ソフィアを置いて、俺はギルドを取りまとめる管理局に急いだ。

管理局に着くと、様々な職業の人たちで賑《にぎ》わっている。複数ある受付窓口にも、多くの人が並んでいた。

俺もその一列に並び、順番を待つ。

列は段々進んでいき、やがて俺の番となった。

受付嬢はにこやかに話しかけてくる。

「こんにちは。今日はどのようなご用件でしょうか？」

「ギルドを新しく作りたいんだ。その方法を教えてほしい」

「分かりました。えーっと、形態は専門ギルドですか？　それとも複数の職業の方を雇う予定なら、総合ギルドになりますが」

「専門ギルドと総合ギルドで、何か作る上での違いはあるのかい？」

そう聞くと、受付嬢は雇う職業を限定するかしないか以外に細かな違いがいくつもあることを教えてくれた。

一番大きな違いは目的だ。専門ギルドは自分と同じ分野の職人を雇い、育成することが主な目的になるが、様々な職人たちを雇う総合ギルドはそうはならない。

駆け出しの職人を雇いたいのであれば専門ギルドにするのが普通だが、自分が師となって彼らを教えるか、そうでなければ十分に実力のある職人を筆頭として雇い入れなければならないのだとか。

駆け出しはまだ知識も経験も浅く、自分が未熟だと知っているから、早く一人前になるために、いい師を求める傾向が高いらしい。

当然のことながら、十分に実力のある職人はほとんどが独立して自分のギルドを作っているか、もしくは名のある総合ギルドにすでに雇われている。

総合ギルドで問題になるのは、いかにしてそれぞれの分野における最初の職人をメンバーに加えるか、ということなのだそうだ。

専門ギルドから総合ギルドへはあとからでも変更は可能らしい。

悩んだが、俺は専門ギルドにすると答える。

弟子なんて取るつもりはないが、そもそもギルドを作る目的は俺が商売できるようにするためだ。

そう考えれば専門ギルドだろうが総合ギルドだろうが関係ないが、専門ギルドの方が管理局からの要求も少ないと聞いて、そちらに決めた。

「それではこの申請書に設立者の名前と職業、それにギルドの拠点、ギルド名を記載し、登録料として銀貨一枚を納めてください」

俺は言われたとおりに申請書に記入し、登録料銀貨一枚を支払う。

今後も、定期的にギルドの継続料として銀貨一枚、それに儲けのいくらかを支払うらしい。

名前と職業の欄を見た受付嬢が、驚いた顔を見せる。

「【白龍の風】の錬金術師《アルケミスト》、ハンス様ですよね？　独立ですか？　まぁ、かなり優秀な方だとうかがっていますから、独立してもおかしくないと思いますが」

「なんだって？　一体誰がそんなことを？」

俺は耳を疑った。

先ほどのソフィアといい、受付嬢といい、二人とも俺のことを優秀だと言っている。

今まで俺を無能と罵ってきたギルド長と、あまりに評判が違いすぎだ。

「誰って、それはもちろん【白龍の風】のギルド長、ゴードンさんですよ？」

受付嬢の言葉に、俺は思わず笑みが漏れてしまった。

面と向かっては厳しい言葉を言うが、内心では俺のことを認めていたということだろうか。

「そのため高額の報酬やその他異例とも言えるような数々の経費、それも致し方ないと言っていました」

「え!?」

一体何の話だ？

高額の報酬？　異例とも言えるような数々の経費？

冗談じゃない。

報酬はことあるごとに減らされ、俺のために経費を使ってくれたことなんて一度もない。

俺はさっきとは正反対に怒りで顔が歪《ゆが》むのを感じていた。

ここで、ようやく俺は理解した。

ギルド長、いやゴードンは俺のことをただの金のなる木としか思っていなかったのだ。

客から高額な代金を受け取り、俺には正規の報酬を支払わずに自分のものとする。

おそらく裏帳簿を作って、浮いた金を懐に忍ばせていたのだろう。

俺は吐き捨てるように受付嬢に言う。

「もう俺がいないから大丈夫だと思うけど、もし同じような待遇の奴が【白龍の風】に現れたら、一度きちんと調査することを勧めるよ」

「それはどういう……」

「まぁ、いいよ。これで手続きは終わり？」

つい感情を高ぶらせてしまったが、今更ゴードンのことで憤《いきどお》っても仕方がない。

「はい。えーと、申請ギルド名は【賢者の黒土《こくど》】ですね。承りました」

ギルド名は、全錬金術師《アルケミスト》が作り出すことを夢見ている『賢者の石』と、錬金術の語源である『豊《ほう》穣《じょう》の黒土』をかけ合わせたものにした。

ちなみにギルドの拠点は特にいい場所が思いつかなかったので、俺の自宅にしておいた。

ギルド名は原則として変更不可だが、拠点の方はあとから申請すれば変更が可能らしい。

これで俺もギルド長だ。

前世の記憶にある日本の名称で言えば経営者。雇われる側じゃなくて雇う側ってことだな。

元々は俺が商売するために作ったのだけれど、せっかくならギルドを大きくして、ゴードンの奴をギャフンと言わせてやりたいものだ。

そう考えてみると、他の職人やできれば探索者《シーカー》も雇いたくなる。必然的に専門ギルドではなく、総合ギルドの方が適しているような気がしてきた。

「ごめん。いきなりだけど、やっぱり総合ギルドに変えたいんだ。できるかな？」

「え？　ええ。構いませんよ。本来なら、変更手数料をいただくんですが、今ならまだ無料で大丈夫です」

そう言って受付嬢は、俺の提出した書類を訂正していく。

余計な手間をかけさせてしまった。

そう思いながら、俺はふと思いついた質問を受付嬢に投げる。

「ところで、ギルドの求人はここでできるのかな？」

「ええ。できますよ。募集する内容を教えていただければ、そこに求人票を貼り出します」

言われて指さされた方を見れば、コルクの板が張られた壁に、いくつも紙が貼られている。

その前には色々な人たちが立っていて、内容を吟味《ぎんみ》していた。

「そうか。じゃあ、この条件で出しておいてくれる？」

「分かりました……って、ええ⁉　本当にこの条件でいいんですか⁉」

その場で書き出した条件を見て、受付嬢は驚きの声を上げた。

俺は問題ないことを頷きで示すが、彼女はまだ納得していないようだ。

「だって、給料は毎月定額で金貨一枚、その上で出来高払い。これだけでも前代未聞なのに、なんですか？　週休二日って！」

「言葉の通りだよ。一週間のうち、二日間は休日、つまり仕事をせずに自由な日にするってことだね」

俺が示したのは、日本で暮らしていた時のごく一般的な待遇だった。

こちらの世界ではまず考えられない好条件なので、彼女が驚く気持ちは分からないでもない。

まぁ、前世の俺は、そんな待遇ではなかったけどな。ブラック企業で働いていたし。

「なんですかその羨《うらや》ましい待遇！　じゃ、じゃあ。この、道具などの貸与《たいよ》っていうのは？」

「仕事に必要な道具はこちらの経費で用意する。貸すだけだから、ギルドを辞める時は返してもらうけどね」

どんな職業に就《つ》く人でも、自分の使う道具や衣類は自前で用意する。

そう、それが普通だ。

しかし前世の俺が暮らしていた日本ではそうじゃない。

制服や道具は雇い主が用意してくれた。俺が働いていたブラック企業でも、その点は変わらない。

俺の場合は、【白衣】という服や【実験器具】や【分析装置】を支給されていた。

記憶の中の実験器具などは、ガラスでできたものが多かった。ガラスは高価なため、この世界で揃《そろ》えようと思ったらとんでもない金額になるだろう。

それを惜しげもなく使わせてくれたのだから、前世の会社は意外とそこまで酷くなかったのかもしれない。

しかも分析装置というものに関して言えば、一人の人間が一生暮らせるだけの金額に相当するものもある。

たとえば、人の目では見えないほど微細なものを見ることができる【電子顕微鏡】というものだ。

おっと、意識が変な方向に流れたな。

とにかく、前の俺がいた日本では普通で、こちらの世界では好待遇。

せっかく前世の記憶を取り戻したのだから、こちらの世界でも活用してみたいと思ったのだ。

もちろんこの待遇で雇うのは、誰でもいいわけではないが。

「分かりました。ひとまずこの条件で貼り出しますが、人は集まらないかもしれませんよ？」

「うん？　なんでだい？」

受付嬢の言葉に、俺は首を捻った。

「正直なところ、条件がよすぎます。ほとんどの人はイタズラだと思うでしょう。もしくは何か裏があると思うか」

「なるほどなぁ。まぁ、この待遇で雇うのは間違いない。もし誰かに聞かれたら、そう答えてくれるだけでいいよ」

確かにこの条件は、前世の記憶を思い出す前の俺が見たら冗談と思うに違いない。

ただ、一人でも人が来てくれたら、そのうちこの求人情報が本当だと知れ渡るだろう。

勢いでギルドを立ち上げた俺は、とりあえず自宅に帰ることにした。

まっすぐ帰宅し、自室で今日の出来事を振り返える。

長年世話になっていたギルドを辞めたこと、親代わりと信頼していたギルド長が俺を使って私腹を肥やしていたのを知ったこと。

いきなり蘇《よみがえ》った、日本という国に住んでいた前世の俺の記憶。

そして新しく総合ギルドを設立したこと……

世間知らずな俺が、まだメンバーがいないとはいえギルド長になったのだ。

あまりにも多くのことが起こりすぎて混乱気味だったが、連日の激務のせいで俺の眠気はすでに限界に達していた。

「明日からのことは明日考えて、今日は寝るか……」

俺はベッドに倒れこむと、気を失うように深い眠りについた。


次の日。

俺は自分の家、兼ギルド本部となった自宅で、手持無沙汰《てもちぶさた》でうろうろしていた。

ギルド本部と呼ぶにはあまりに殺風景な場所だが、この家はオリジンの街の中心から離れた場所にあり、中もそれなりに広い。当分は問題ないだろう。

管理局で噂を聞きつけた客、あるいは求人を見た誰かがやってこないかと待っている間、家の前にギルドの名前を書いた板を置く。

あわせて、俺が作れる各種錬成品とその価格表も貼り出しておいた。

主だった器具を【白龍の風】に置きっぱなしにしてきたため、今の俺は作れる錬成品がかなり限られてしまっている。これは大きな問題だ。

幸い予備の容器などは家にも置いてあったため、魔法薬を作ることはできるのだけれど。

ちなみに価格は、朝の間に出かけて色々と調べた結果、相場の七から八割程度にしておいた。

もっと安くすることも可能だが、これも先日の待遇と一緒で、あまり安すぎるとかえって怪しまれると思ったからだ。

そうだ、これからもう一度管理局に行って、広告を出させてもらおう。

掲載には金がかかるが、知名度がない間は仕方がない。

これも幸い……と言っていいか分からないが、お金はそれなりに持っている。今思えばかなり少ない賃金だったが、激務のせいで使う暇がなくて貯まっていたのだ。

ギルドが軌道に乗るまでは持ちこたえられるだろう。

そう思って出かける準備を始めていると、ドアを叩く音が聞こえた。

「すまん。ハンスはいるか？」

「その声はソフィア？」

俺は玄関の扉を開けて確認する。

やはりそこに立っていたのはソフィアだった。

「なんでここに？　依頼してくれとは言ったけど、俺の家なんて知らないはずなのに」

「ああハンス、いたか。よかった。ところで、あの貼り出した内容は本当か!?」

「うん？　ああ。魔法薬の価格のことかな？　あれは新規の人向けさ。あまり安くしても怪しまれると思ってね。ソフィアには昨日言った通り、上級魔法薬五本で金貨一枚。これでいいよ」

俺はてっきり外の価格表のことを言っているのかと思い、そう言った。

だが、どうやら違ったらしく、ソフィアは首を大きく横に振る。

本当にこんなに強く振って痛くないのか、心配になる。

「違う！　管理局に出した求人票のことだ！　あの待遇、本当か!?」

「ああ、この家の場所は管理局から聞いたってことか。うん、本当だよ。と言っても、まだ誰もいないから証明のしようもないけど」

そう言ったあと、俺はほんの思いつきでソフィアに言う。

「あ、ソフィア。よかったらうちに来ない？　なんて、大手ギルドの筆頭探索者《シーカー》が来るわけなんてないいね」

「いいのか!?　ハンスがいいなら、今日にでもこのギルドに入りたい!!」

「え……？　本当に？」

ソフィアは、今度は縦に首を大きく振る。

上か下かに首が飛んでいってしまいそうな勢いだ。

「えーと、俺は構わないけど、パーティとかどうするの？」

「あのパーティなら、未練はないさ。こっちのギルドに来た奴で、めぼしいのがいたら組めばいい。それまではソロになるが、私は一向に構わない」

「てっきり探索者《シーカー》のパーティってのは、仲がいいものだとばかり思っていたけれど、そうでもないのかな？」

「【白龍の風】のパーティは特別だからな。全メンバーがギルド長の一存で決められる。しかも、信頼というものがない。関係性が育つ前にコロコロとメンバーが変えられてしまうからな。私は個々の実力の高さよりも、パーティに必要なのはそれぞれの信頼関係だと思う」

なるほど。要は実績重視でメンバーをより集めたパーティだったってことか。

それでは連携なども上手くいかないのだろう。

とにもかくにも、ソフィアの実力は折り紙付きだ。

ソロでも十分な戦果が期待できる。

これを逃す手はない。

「じゃあ、ソフィア。君を採用するよ。記念すべきギルドメンバー第一号だ。それと、このギルドのメンバーになったのなら、魔法薬を買うのはナシだね」

「ど、どういうことだ!?　なんでギルドメンバーになったら魔法薬が買えなくなるんだ！」

「ああ。言い方が悪かったね。つまり、無償で提供するってことさ。もちろん無限にじゃないけど」

「まさか!?　無償だと!?　冗談だろう!?　上級魔法薬五本で金貨一枚ですら、冗談みたいな価格なんだぞ!?」

前世の俺の記憶が強く言っている。

従業員のパフォーマンスを上げるのも経営者の仕事。

そして、設備や優秀な従業員にこそ金を惜しむなと。

聞きかじりの教えだが、前世の俺も、今の俺も、その考えは強く肯定できる。

うまくいくかどうかはまだ自信がないが、俺はそれを信じることにした。

「ところで、昨日は結局素材を手に入れたのかな？　あるなら、今から作るけど」

「あ、ああ！　素材はきちんと採取してきたんだ。早速ハンスに頼もうと思ったんだが、場所が分からなくてな。それで管理局に行って、あの求人を見たんだ……ともかく、そのあとすぐここに来たから、今持っている」

そう言うとソフィアは上級魔法薬に必要な素材を机に並べる。

どれも取れたてで、状態のいいものばかり。

これならいい魔法薬が作れそうだ。

素材の質や作り手の技能によって、完成した魔法薬は一見同じに見えても品質はバラバラになる。

素材の質の方は知っていたが、作り手の技能によって品質が変わると知ったのは、昨日ソフィアの言葉を聞いてからだ。

それを確かめるため、俺は相場を調べがてらいくつかの魔法薬を買ってみた。

そして知ったのだ。

市場に出回っていた魔法薬は、総じて品質が悪かった。

素材の質のせいではないかと思って見せてもらったところ、それなりのものを使っているところもあった。

素材の質がいいにもかかわらず、魔法薬の品質が悪いのであれば、もう作り手に問題があるとしか思えない。

そういえば、ゴードンには色々な罵詈雑言《ばりぞうごん》を食らったが、俺の錬成品の品質を悪く言うことは一度もなかったな。

ということは、品質だけは認めてもらっていたってことか。

いや、そもそも品質のことを隠しておこうという魂胆《こんたん》だったのかもな。

俺が市場の魔法薬なんかを調査すればすぐに明らかになることだったから、なるべく触れないようにしていたに違いない。

俺を世間から遠ざけていたのも、その理由の一つなのだろう。

そんなことを考えながら俺は錬成を始めた。

「今から作り始めるのか？　随分急だな」

ソフィアが目を丸くする。

「素材がいいから、悪くならないうちに、と思ってね。ちょっと待たせることになると思うけど」

「ああ。上級魔法薬五本だから、五日くらいか？　まだストックには余裕があるから、そんなに急がなくてもいいぞ」

「五日？　冗談でしょ？　五本くらいならどんなに素材が悪くても半日もかからないよ。これだけ質がよかったら、一時間くらいでできるんじゃないかな？」

そう言うと、ソフィアの目が点になっていた。

どうやら大きなショックを受けたらしい。

「一時間⁉　冗談はそっちだろう！　私がいつも頼む時、ギルドは上級なら一日一本が限界だって言っていたぞ⁉」

「普通のやり方ならそのくらいかかるかもね。ただ、俺のやり方が普通じゃないってことさ。さらに言うと、今ならもっといいものを作れる自信があるよ」

「しかし、私が頼んだのは【白龍の風】だぞ？　ハンス。お前が作っていたんだろう？」

「あそこで用意されている素材の質は酷かったからね。そこから魔法薬の成分を抽出するのには時間がかかるんだ。それに、あのギルドに錬金術師《アルケミスト》は俺一人だけ。注文はひっきりなし。となれば、分かるだろう？」

少し考えたあと、ソフィアは手を打つ。

「つまり、順番待ちが生じていたということか！」

「そういうこと。それにしても、【白龍の風】じゃ、こんな質の素材なんてほとんど見かけなかったよ。ゴードンは、持ち込まれた素材すら転売していたのかもね」

「なんてことだ……あの男、そんなことまでしていたとは！　すぐにみんなに知らせなければ!!」

「無駄だよ。最大手ギルドのギルド長と、そこを辞めて名も知られぬ新生ギルドに入った探索者《シーカー》、どっちの言い分を信じるかは考えるまでもないね」

ソフィアもそう思ったらしく、怒りに握った拳を震わせていた。

俺はソフィアに今後の目標を告げる。

「だからね。【賢者の黒土】が名の知られたギルドになればいいのさ。ということで、ソフィアにも頑張ってもらわないとね」

「分かった！　全力で応援させてもらおう!!」

こうして、前世と今世で社畜だった俺は、経営者となる道を選んだ。

【賢者の黒土】を街一番のギルドにするための長い道のり、そのはじめの一歩をソフィアと共に踏み出したのだ。


「さぁ、できたよ。お待たせ！」

「本当にもうできたのか？　驚くほど速いんだな……あのギルドに錬金術師《アルケミスト》が一人しかいないのは

前から疑問だったんだが、これで謎が解けたよ。ハンス一人いれば十分すぎる」

お世辞かもしれないが、そう言われると悪い気はしない。

ソフィアにできたばかりの上級魔法薬を渡す。

しかし、彼女は受け取った魔法薬を見て首を傾げた。

「なんだこれは？　上級魔法薬はもっとこう、黒ずんだ色だったはずだが……それにもっと濁《にご》っていた」

「ん？　ああ！　そうなんだよ！　実はね。ちょっと不思議な知識を手に入れてね。それを元にやってみたら、いつもよりずっといいものができたんだ！」

これまでは知らぬうちに前世の記憶にある方法で抽出をやっていたが、前世の記憶を思い出したあと、灰を加えたあとの沈殿物《ちんでんぶつ》の存在が問題だと気付いた。

ドロっとした黒い粘《ねば》つく沈殿物を掬《すく》いとって、更に汚れを取り除いたあと、飲みやすいように溶かすと魔法薬が出来上がる。

だけど、その汚れを取り除く過程でせっかくの成分が減ってしまったり、取り除くと言っても全ての汚れを綺麗に取り除けるわけではなかったりして、結局不要なものがたくさん入ってしまう。

そこで試しにやってみたのが、新たな抽出の方法だった。

アルカリアの草の灰を入れる前に、水と同量の油を入れる。

口に入るものでもあるので、使ったのはオイルバの種から搾《しぼ》った食用の油だ。

よく混ぜたあと、静置すると二層に分かれる。

目に見えるわけではないが、前世の記憶によれば、これで油の方にいらないものが溶け出ているはずだ。

上の油を捨てたあとに灰を入れると、いつもより色の薄い、サラッとしたものが沈殿した。

しかしこれでは灰と混じってしまって掬うことはできない。

そこでまた少量のオイルバの種油を入れ、よくかき混ぜる。

今度は上の油だけを取り出して処理を行うと、綺麗な白い粉が大量に手に入った。

それを使って錬成したのが、この上級魔法薬ってわけだ。

ソフィアが言うように、今までのものよりも色鮮やかで透き通った黄緑色をしていた。

「きっと効果もいいはずだよ。まぁ、試すのは明日かな？」

「そうだな。明日は【白龍の風】に脱退を言いに行って、それからダンジョンに潜るつもりだ。何か取ってきて欲しい素材などはあるか？」

基本的に、ギルドの脱退や加入は当人の自由だ。俺がギルドを辞めて新たなギルドを作るのにも面倒な手続きはいらなかった。

だが、筆頭探索者《シーカー》のソフィアが俺と同じようにすんなり辞められるとは限らない。

「脱退はうまくいくかな？　ソフィアが抜けるとなると揉めそうだけど……」

「まぁ大丈夫だろう。脱退の権利はこちらにあるからな」

「そっか。欲しい素材は今のところ特にないよ。もしまた魔法薬が必要なら、その素材を取ってきてくれると助かるかな」

「分かった。魔法薬は十分にストックがあるから私はいらないが、注文が来た時にあった方がいいだろう。ついでに他の素材も一通り揃えてみるよ」

ソフィアの申し出はありがたかった。

素材は他のギルドから買うこともできるけれど、もちろん自分で取りに行った方が割安だ。

ソフィアが素材を採取して、それを元に俺が錬成した様々なものを売る。

それだけでも当面の稼ぎとしては十分だろう。

そう思うと俺は心が軽くなった気がした。

帰ると言うソフィアを見送り、俺は明日からは売り込みに出かけようと、その準備を始めた。


次の日の夕方、俺は家で鼻歌を歌いながらソフィアの戻りを待っていた。

何もせずぼーっとしていてもしょうがないので、俺は街へ出かけて適当に売り込みをかけてみた。

そうしたら、数人が安さにつられて注文してくれたのだ。

と言っても大した量でもないし、お試しということなので継続的に買ってくれる保証もない。

それでもちゃんとお客ができたことに、俺は喜びを感じていた。

きちんとしたものを出せば、再度買ってくれることもあるだろう。

人伝《ひとづて》に品質のよさが広まれば、注文も増えるはず。

あとは他のギルドメンバーの募集も頑張らないと。

俺一人で生産していても【白龍の風】のような大手の総合ギルドを超えることはできないからな。

そんなことを思っていると、家の扉が勢いよく開かれた。

視界に入ったのは紅《あか》いフルプレートアーマー、ソフィアだ。

すごい勢いでズカズカと俺の方に近付いてくる。

彼女は嬉しいんだか驚いたんだか怒っているんだか、なんだか判断が付かないような表情をしていた。

「凄いぞ！　ハンス!!」

「や、やぁ。ソフィア。おかえり。怪我がないようで何よりだよ。ところで何が凄いんだい？」

「ハンスの作った魔法薬に決まっているだろ！　今日は勢いを付けてしまって第五階層まで潜ってな。ちょうど魔力が尽きかけたから、試しにハンスに貰った魔法薬を飲んでみたんだ!!」

「うんうん。それで？」

昨日も大きな声だったけれど、更に大きな声を上げている。

どうやらソフィアのこの顔は、興奮している表情だったらしい。

「全快したんだよ！　信じられるか!?　自慢じゃないが、私の魔力を回復するには上級二本でも足りないくらいだ。それを、一本飲んだだけで、満タンまで回復したんだ！　それに!!」

「そ、それはよかったね。それにって、まだあるの？」

「美味《うま》いんだ‼」

「え？」

魔力が全快したと言う時よりも、さらに熱がこもった声でソフィアは言う。

俺の前に突き出された彼女の拳は、プルプルと震えていた。

「美味いんだよ‼　この上級魔法薬‼　前のも他の錬金術師《アルケミスト》が作ったのに比べれば十分マシだったが。この魔法薬に比べれば、他のヤツが作ったのなんか靴下みたいな味だ‼」

「靴下って……そんなもの食べたことあるの？」

「ものたとえだ‼　それくらい不味《まず》いってことだよ‼　これを飲んでしまったら、もう前のなんか飲めない！　追加でもう五本作ってくれ‼」

「分かったよ。とにかく、いい効果だったみたいでよかった」

ソフィアのあまりの勢いに気圧《けお》されながらも、新しい知識で作った魔法薬の効果と、そして期せずして得られた美味というオプションに俺は喜んでいた。

今までのやり方に比べてオイルバの種油を余計に使うが、材料費で考えれば安いものだ。

ソフィアはきちんと素材も取ってきてくれていた。

魔法薬の素材の他にも様々なものが机の上に並べられる。

「わぁ。こうやって見ると凄いねぇ。これ、ソフィア一人で全部取ってきたのかい？」

「ああ！　ダンジョンなら任せろ！　このサンダーウルフの牙などはなかなかのものだぞ！」

サンダーウルフというのは、主に第五階層に出てくる大型のモンスターだ。

名前の通り雷属性の魔力を身にまとい、おそろくべき速さで襲いかかってくるのだとか。

サンダーウルフの牙は、そのままでも道具や武具の素材としても優秀で、武具に雷の属性を付与《エンチャント》できる『雷結晶』の素材にもなるスグレモノだ。

これを売るだけでかなりの金額になるだろう。

「それで、私が取ってきた素材についてはどうするんだ？　今までは依頼にあったものは納付、依頼外のものはギルドに買い取ってもらっていたが」

「うん。出来高制だから、もちろんこっちで買い取るよ。えーっと、相場の七割の価格でいいかな？」

「七割だと!?　おい！　正気か!?」

「え？　ごめん。こっちが取りすぎかな？　でも、道具の支給費用とかもあるから、八割とか九割だと経営が回らない可能性が……」

こういう相場についてはは恥ずかしいが、ど素人《しろうと》だ。

一応試算してみたものの、かけ離れてしまっているだろうか。

だが、ソフィアは呆れたように言う。

「逆だよ。取らなすぎだ。前のギルドなんてこっちが三割貰えれば御《おん》の字だったぞ？　そっちが三割の取り分じゃあ回らないだろう」

「そ、そうかな？　じゃあ、半々はどう？」

「それでも多いくらいだと思うが……ハンスがそう言うならいいんじゃないか？　まぁ、細かいことはあとで決めてもいい。他のメンバーが集まる前に、だけどな」

「確かに。ところで、全部の相場はまだ分からないから、支払いは少し待ってくれるかな？」

恥ずかしい話だけれど、俺は学ばなくちゃいけないことが山のようにあるみたいだ。

ソフィアは盛大に笑ったあと、大きく頷いた。

俺は熱くなっていた頬をかくと、ソフィアにこのあとの予定を聞く。

どうやら、今日はもう特に用事もないので、帰るらしい。

俺が引き取った素材は、俺の家に置いておくことにした。

俺はソフィアを見送り、一人呟く。

「さて、何から始めようかな」

さっき言った通り、素材の引き取り額については相場が分かり次第ということで、了承してもらっている。

頼まれた魔法薬は、今日中に渡さなくてもいいとの話だったので、明日来る時までに用意しておくことにした。

その前に、今日取れた仕事の分を終わらせてしまおう。

「さすがに全部一人でやるには無理があるね。相場を知っている人を雇えたらなぁ」

手を動かしながらソフィアの取ってきた素材の山を見つめ、そんなことを思う。

自分の作るものの価値も昨日まで知らなかったのだ。

なるべく早く諸々の知識を手に入れる必要があるが、相当な時間がかかるに違いない。

それなら、まずは元々知識を持っている人を雇った方がよさそうだ。

その時、ふとある素材に目が行った。

ミスリル鉱石とアシッドスライムの強酸液、そしてサンダーウルフの牙。

ミスリルというのは丈夫で軽い、武具の素材として優秀な金属だ。

さらに特殊な性能として、高い魔力親和性がある。

そのため、魔導士の杖や様々な効果を付与《エンチャント》する際に重宝される。

貴重な素材でもあるため、取引価格も高いらしい。もちろん今回の注文には含まれていない。

「普通はサラマンダーの火で燃やして精錬するだけなんだけど……この知識が本当なら試してみたいな」

サラマンダーの火というのは、ダンジョンで出没《しゅつぼつ》する全身に火をまとったトカゲの形をしたモンスター、サラマンダーから得ることのできる炎そのもの。

金属の精錬など、高温が必要な時に重宝される。

ちなみにサラマンダーの火は、倒される直前に自ら切り落とす尻尾《しっぽ》の先端に火を付けると得られる。

あらかじめ火を起こしておいた炉の中に尻尾を放り込んで使うのが一般的な使い方だ。

ミスリル鉱石からミスリルのインゴット、つまり金属の塊《かたまり》を精錬する時は、サラマンダーの火などで鉱石を燃やし、鉱石の中から溶け出たミスリルを集めて冷やし固める。

これが通常の工程。

「うーん。失敗しても、この際いいや。その時はその時だよね！」

ミスリルだけでなく他の金属にも言えることだが、精錬が不十分だと不純物が残り、様々な問題となることがある。

特にミスリルは純度を高めれば高めるほど、その魔力親和性が上がると言われている。逆に言えば、不純物が残ったミスリルの武具は性能が悪いのだ。

上級魔法薬を作った際、前世の知識を使って不純物を取り除いた結果、効果は倍増して味もよくなるといういい結果が得られた。

ミスリル鉱石についても、前世の記憶がよりいい精錬方法を俺に指し示してくれている。

もし失敗したらミスリル鉱石だけじゃなく、アシッドスライムの強酸液、サンダーウルフの牙すらも無駄にしてしまうことになるだろう。

正直なところ、どれもかなりの値段だと思う。

しかし今は、値段のことよりも好奇心が勝ってしまっていた。

俺はおもむろに素材の山からミスリル鉱石を取り上げると、火にかける。

実を言うと、今精錬に使っているのはサラマンダーの火ではない。

と、言うのも俺は炎の精霊と契約を結んでいる。

そのおかげで、サラマンダーの火を用意しなくても、必要な高温の炎がいつでも好きなだけ出せるというわけだ。

これは特別なことではなく、多くの職人や探索者《シーカー》がしていることで、どの精霊と契約を結ぶかはそれぞれ違う。

中には複数の精霊と契約を結ぶような凄い人もいるけれど、残念ながら俺が契約できたのは炎の精霊だけ。

ただ、炎の精霊とはすこぶる相性がいいらしく、かなりの高温の炎でも自由自在だ。

「さて。準備はできた。これからが本番だな」

俺は炎によって溶かされ、再び冷え固まったミスリルを拾い上げる。

普通の人なら手を火傷するような熱さだが、炎の加護により問題ない。

通常なら再び溶かして必要な形にして終わりだが、俺はそれをアシッドスライムの強酸液の中に入れた。

鉄などの金属などなら、そのまま溶けて消えてしまう。

しかしいくら通常のスライムの何倍も強い酸を持つアシッドスライムと言っても、ミスリルを溶

かすことはできないらしい。ミスリルの塊はそのままの形で沈んでいる。

俺はそこに、サンダーウルフの牙をミスリルの塊に接するように入れた。

そしてそのまましばらく様子を眺める。

「おお！　本当にできてる!!」

今、サンダーウルフの牙は付け根の方がミスリルの塊にくっ付いた状態で沈んでいる。

当然、元々牙の先端には何もなかった。

しかし、今は先端の方に光り輝く金属の塊ができつつあった。

それはミスリル特有の青白い光を放ち、更に元々入れた塊の何倍も明るく光り輝いている。

やがて、ミスリルの塊が消え失せた。

サンダーウルフの牙に宿る雷属性の魔力によって、普通は溶けないはずのミスリルの塊が一度アシッドスライムの強酸液に溶けたのだ。

その代わり、牙の先端に元のものより一回り小さいミスリルの塊が出来上がった。先ほどの塊より強く輝いていることから、純度が増したのだと分かる。

原理は単純。

サンダーウルフの牙の両端では、極と呼ばれる、性質が正反対の作用が生じている。そして根元で溶かしたミスリルが、先端で再び析出《せきしゅつ》したのだ。

牙の付け根の近くをよく見ると、土のようなものが下に溜まっていた。これが不純物だ。

「凄いな。輝きが全然違う！　今までのは本当のミスリルじゃなかったんだ。これからも思いついたら色々と試してみよう！」

ミスリルの新しい精錬方法に気をよくした俺は、今日依頼を受けていた精錬銅や他の金属鉱石でも試してみることにした。

すると、どうやらこの方法で精錬できるものとできないものがあるらしく、できないものは逆に塊が消えてしまった。

「あれ……入れた塊は消えたのに、先端に析出しないや。うーん。全部うまくいくわけじゃないのか。幸い精錬銅はできたからよしとするか。精錬銅は明日納品する予定の品だったからな」

俺は思いつくがままに色々な金属を試し続けた。

全て終わった時、気付けばすっかり深夜になっていた。

夜遅くまで働くことに慣れすぎてしまっているな。

一度伸びをしてから、出来上がったもの、ついでに手付かずの素材も全て鞄《かばん》に入れていく。

これはトキシラズから取れた糸で編んだ鞄で、見た目の容量よりもずっと多くのものが入るようになっている。

トキシラズというのは蛾のようなモンスターで、成虫の大きさは人を遥かに上回るが、驚くことにさなぎまでの間は人の小指ほどの大きさしかない。

その謎を調べた結果、トキシラズの幼虫がさなぎになる際に出す糸に秘密があった。

特殊な魔力を秘めたその糸は、中の空間の大きさを捻《ね》じ曲げる。

さらに驚くことは、大きさだけではなく、重ささえも軽減されるのだ。

俺の持っている鞄は容量も一般的なものより大きめに作った特注品で、この家くらいなら丸々入る大きさに拡張してある。

素材を全部詰め込むと、俺は片付けも早々にベッドに身を投げ眠りについた。


明くる日、俺は少し眠い目を擦りながら、昨日注文をしてくれたギルドに品物を送り届けに向かった。

この街オリジンはレンガ造りの建物が多く、屋根の色も同系統なのが多いため、見た目が似ている。

場所を間違えないように注意しながら、昨日歩いた道を歩いていく。

一軒目は商人の専門ギルドだ。

俺が元いた【白龍の風】は総合ギルドで、様々な職人や探索者《シーカー》を抱えている。

だが、ギルドの総数は専門ギルドの方が多いのだ。

建物の中に入り、受付の人に挨拶する。ちょうど、昨日出会ったおじさんだった。

「おはようございます。注文の品、届けに来ました。初級魔法薬五本です」

「あ、ああ。あんたか。そういえば、ちょっと先に確認しときたいことがあってな。お前さん、以前【白龍の風】にいたことがあるかい？」

昨日会った時は笑顔で対応してくれた好印象の人だったが、今日はなんだか様子がおかしい。

顔はひきつり、目は宙を泳いでいる。

明らかに俺の顔を見た瞬間から動揺していた。

「はい。でも、そこはもう辞めました。今は【賢者の黒土】というギルドのギルド長をやっています」

「そーか、そーか。それじゃあ……すまんが、昨日の注文はなかったことにしてくれ」

「え!?　どういうことですか？　すでにこうして品物も持ってきたのに！」

「どうしても、だ。すまんが、今後もお前さんから錬成品を買うことはない。分かったらもう行ってくれ！」

まるで恐ろしいものを追い払うような仕草で、おじさんは俺に手を振る。

意味が分からないが、どうやらこれ以上粘っても無駄なようだ。

諦めて俺は次の注文先へと向かった。

だが……

「あんたとは金輪際《こんりんざい》関わる気はないよ！　出てっておくれ！　さぁ早く!!」

「もう来るな！　この疫病神《やくびょうがみ》め!!　危うくギルドメンバーを露頭に迷わせることになるところだった！」

俺は途方に暮れそうになっていた。

初めの商人ギルドだけではなく、その次もその次の次も、行く先々で注文をキャンセルされた。

そして、二言目には今後も俺の作ったものを買う気はないというのだ。

わけが分からず、しかし最後の望みにかけ、俺は唯一残っている注文先である鍛冶《かじ》ギルドへと向かった。

そこで応対してくれた老人のギルド長も、やはり他の人と同じ反応だった。

「あんた。【白龍の風】の錬金術師《アルケミスト》ハンスさんじゃな？　それなら、あんたから錬成品を買うことはできん」

「はい。元、ですが。それがどうしたというんですか？　他の皆さんも昨日くれた注文をキャンセルしているんです!!」

「あんた、怒らせちゃいけない人を怒らせちまったんだよ。昨日、この街全てのギルドに通告が出た。ウチみたいな小さなギルドにも全てだ」

「通告ってなんですか。それが出たからってなんで俺から買えなくなるんですか！」

鍛冶ギルドのギルド長は顎髭《あごひげ》を触《さわ》りながら俺の目をじっと見つめた。

内容を言うかどうかを考えているらしい。

「ふん。知ってもどうすることもできんだろうから教えてやろう。お前から一度でも錬成品を買ったギルドは、今後一切【白龍の風】と取引ができないんだとさ。それがどういうことかお前に分かるか？」

「え⁉　なんですって⁉」

「【白龍の風】はこの街一番の総合ギルドだ。素材はもちろん、日用品や武具や職人が使う道具だって扱ってる。関わり合いを持たずにやっていけるギルドなんてこの街にはない。つまり、あんたと取引したギルドはこの街にいられなくなるってことだよ。さぁ。分かったろ。何をしでかしたか知らないが、許してもらえるうちに謝っちまった方があんたのためだぞ」

それだけ言うと、鍛冶ギルドのギルド長は建物の中へと消えていった。

取り残された俺は、今度こそ途方に暮れ、その場に立ち尽くしていた。

手には納品するはずだった、新しい方法で精錬した純度の高い精錬銅を握りしめている。

まさかゴードンの奴がこんな卑劣《ひれつ》な方法を取るとは思いもよらなかった。

相手は俺が思っていたよりも、遙《はる》かに強大な存在だったらしい。

不甲斐《ふがい》なさや悔しさが込み上げてきて、俺は思わず衝動にかられ、手に握っていた純度の高い銅を地面に叩きつけようと腕を振り上げた。

「ちょっと待ちな‼」

突然の声に俺は動きを止める。

振り上げた腕を下ろし、声のした方を向くと、そこには一人の女性がいた。

土色の髪を後ろで無造作にまとめて、四肢が出た短めの服とズボンの上に、ひざ下まである厚手の前掛けを着ている。

見た目は俺よりも背が低く、一見子供に見える。

しかし茶色の瞳が印象的なその顔は成人の顔つきだ。

どうやら彼女は、ハーフドワーフのようだ。

ドワーフというのは元々鉱山の近くに暮らしていた種族で、身長は人間の子供ほどしかないが、腕力と器用さに長《た》けている。

そのほとんどが鍛冶師や細工師など金属を扱った職に就くことでも知られ、また、驚くほど酒が好きなのだとか。

彼女はドワーフに比べると背が高い。両親のどちらかが人間種なのだろう。

彼女の目線は、俺の持っている純度の高い銅に向けられていた。

「そこのあんた。その手に持ってるものをどうするつもりだったんだい？　もし捨てるってんなら、その前にあたしに見せてくれやしないかい？」

「あ、ああ。これ？　どうぞ。どうせ引き取り手のないものだ。気に入ったんならあげるよ」

俺は銅をハーフドワーフの女性に手渡す。

彼女は受け取った銅をまじまじと見つめ、満足したように一度だけ頷き、俺の目をまっすぐ見て口を開いた。

「自己紹介がまだだったね。あたしはカーラ、ハーフドワーフだ。金属にはちょっとうるさくてね。

この銅の塊、どうやって手に入れたんだい？」

「それかい？　それは俺が作ったのさ。本当はこの鍛冶ギルドに売るつもりだったんだ。でも、とある事情で売れなくなってしまってね」

「あんたが作っただって!?　こりゃたまげたね。他にも金属を持ってやしないかい？　安心しな。盗むつもりはないからね」

「他のだって？　……ああ、ミスリルならあるよ。それと同じ方法で作ったやつだ。見るかい？」

俺は鞄から昨日精錬した純度の高いミスリルを取り出し、カーラに渡す。

それを受け取る前から、すでにカーラは目を大きく見開いていた。

そして両手でミスリルを持ち、頭上に掲《かか》げたり、目から遠ざけてみたり近付けてみたりして、入念に見ている。

かなりの時間が経ったあと、カーラは満面の笑みで俺にこう言った。

「さっきのは売れ残りだって言ったね。この恐ろしいほど綺麗なミスリルも売れ残ってるのかい!?」

「それは元々買い手がないやつだよ。試しに作ったんだ」

「本当かい!?　よし！　これを譲っておくれ！　できればその銅の方も!!　合わせて……金貨百枚でどうだい!?」

「き、金貨百枚!?　ミスリルってそんなにするの!?」

俺は思わず、素の声が出てしまった。

精錬銅の価格はすでに調べていて、あのサイズだと一個銀貨十枚くらいが相場なはずだ。

ということは、ミスリルがそのくらいするってことだろうか。

正直なところ、ミスリルについてはまだ相場を全然調べてないので分からない。

ギルド長のゴードンから注文を受けた時は、確かこの大きさなら、金貨一枚がいいとこだったはずだが。

この素性もよく分からないハーフドワーフの女性、カーラはそのおよそ百倍も出してくれると言っている。

まさかそこまでゴードンが上前を撥《は》ねていたとは思えないけれど、これまで判明した事実を考えればあり得ないことはないのかもしれない。

カーラは興奮した様子で、先ほどの俺の言葉を否定した。

「そんなにしやしないよ。せいぜい金貨十枚がいいところじゃないか？　だけど、このミスリルなら別だ。あたしの目はごまかせないよ。これは何か特別なものだろう？」

「よく分かるね。一般的な作り方に一手間加えているんだ。ただ、それだけで普通の十倍の価値になるのかい？」

「いや、正直なところ、もっと出しても惜しくないくらいさ。ただ恥ずかしい話、今失業中でね。今出せる精一杯がそれだけだって話さ」

「失業中だって？　よかったら詳しく聞かせてくれないか？　実は俺のギルドはこの前作ったばかりでギルドメンバーを募集している最中なんだ」

俺の話にカーラは更に目を輝かせ、そしてすぐに悲しそうな顔をして下を向いてしまった。

何か変なことを言ってしまっただろうか。

心配している中、カーラは説明をしてくれた。

カーラは予想通り鍛冶職人だという。

金属を使った武具や道具を作る職人で、探索者《シーカー》にとっても、そして他の多くの職業にとってもなくてはならない職業だ。

ドワーフというのは元々鉱山の近くに住んでいる種族で、金属の知識や扱いに長けている。

ハーフドワーフのカーラもその血を引き継いでいるというわけだ。

「どこかに入りたいのは山々なんだけどね。この街じゃあギルドに所属していないと、満足にものも売れないだろ？　別にあたしは好きなもんだけ作っていられたらそれでいいんだが、生きていくためには最低限の金も必要だからね」

「だったら、なおさらうちに入ったらいいじゃないか。この金属が普通じゃないって一目で分かるくらいなんだから、きっと凄い鍛冶師なんだろう？」

「そりゃあ、金属を打つことに関して言えば、誰にも負けない自信があるよ!!　ただ、今までいろんなギルドに入ってはみたものの、なかなかうまくいかなくてねぇ」

「うまくいかなかったって？　それは何が問題だったんだい？」

話によると、カーラは生粋《きっすい》の職人らしい。

ドワーフの父親が同じ鍛治職人で、小さい頃から職場に入り浸り、読み書きを習うより先に槌《つち》の振り方を教わったんだとか。

天賦《てんぷ》の才も備わっていたらしく、メキメキとその頭角を現し、物心ついた時には父親の腕をすでに超えていた。

彼女の噂は瞬く間に広まり、多くの鍛治職人を抱えるギルドから引き合いが来た。

そこまで聞くと、いわゆる天才の成功譚《たん》だ。

ただ問題はカーラの気質にあった。

「気に入った金属しか打ちたくないんだ。そしたら、みんな口を揃えてこう言ってきたよ。お前みたいな金食い虫を養うつもりはないってね」

十の素材の金属を用意されても、打つのはそのうちで品質がいいものだけ。

場合によっては百揃えても一つも打たない時もあったのだとか。

「あたしにとっちゃ作品は子供みたいなもんなんだ。あんただって好きでもない奴と子供を作れって言われたってお断りだろう？」

そのたとえで言えば、これまでの俺は自分の意志とは関係なしに子供を量産させられていたってところか。

しかし、ここまで自分の仕事に自信も誇りも持っている人は、正直感心してしまう。

「金属の精錬はあんたみたいな錬金術師《アルケミスト》の仕事だろ？　あんたに愚痴を言っても仕方ないが、もう少し安定した品質で作れないもんかね？」

「金属の精錬は難しいんだよ。扱う火の温度の管理も大変だし。まぁ、俺はどっちかって言うと得意な方だけど」

「ああ！　あんたのこれ！　今まで見たことがないくらいだよ‼　【白龍の風】ってとこから仕入れたやつも安定したいい品だったが、あんたのはそれを遥かに超えてる絶品だよ‼」

「え？　【白龍の風】から仕入れた金属を使っていたのかい？」

まさかカーラからその名前が出てくるとは思っていなかった。

【白龍の風】が作った精錬金属とは、つまり俺が精錬したやつだ。

「ただねぇ。あそこのやり方は許せないね。あたしがそこの金属がお気に入りだって分かった途端に、価格をはね上げやがった」

「なんだって？　ゴードンの野郎、そんなことまで」

「ゴードン？　そういえばあそこのギルド長の名前がそんなんだったね。なんだい。あんたら知り合いかい？」

「ああ。悪い意味でね。別に奴を悪く言ったってなんとも思わないから安心してくれ」

そこでふと俺は考えた。

カーラの腕は本人の口から聞いただけで、本当にそこまで凄いのかどうかまでは分からない。分からないが、もし本当だとしたら、職を探している名人が目の前にいるってことで、逃すのはもったいない。

問題と言っている金属の品質だって、今まで俺が作っていたものでも満足していたようだし、新しい精錬方法で作った金属ならまず文句は言わないだろう。

そうとなればやるべきことは一つだ。

俺は決心してカーラに提案を投げかける。

「そのミスリルが欲しいんだったね。もし、こっちの要望を呑《の》んでくれるんなら、それはタダであげるよ。どうだい？　聞くかい？」

「タダでだって!?　変なことを言うね。いいだろう。あたしはこの金属が打てたらそれで満足なんだ。聞くだけ聞いてやるよ」

「簡単なことさ。このミスリルを、俺の前で打ってほしい。一部始終を見せてもらいたいってわけさ」

「そんなことでいいのかい!?　お安い御用さ。あたしは技を盗まれることなんか、これっぽちも気にはしないからね。ただ、あんた錬金術師《アルケミスト》なんだろ？　鍛冶の技なんて盗んでどうする気だい？」

どうやらカーラは、俺がカーラの卓越した技術を見て盗もうとしていると思ったらしい。

腕を見たいのは間違いではないが、俺に鍛冶の才能はないから盗むなんて到底無理だ。

「カーラの腕を見てみたいだけさ。この目でね。そこまで言うんだから、素人の俺が見ても凄いって分かるんだろう？」

「あっはっは！　言ってくれるじゃないか。気に入った。あたしの持てる技術全てを見せてあげるから、楽しみにしてな。それで、いつやればいいんだ？」

「早いに越したことはないから、カーラさえよければ今すぐにでも」

「あたしは構わないよ。ただねぇ……工具一式は自前で用意できるが、炉《ろ》だけはどこかの工房を借りなきゃいけないね。しかもミスリルを打つともなると、かなり大きなところじゃなきゃ。今すぐ使わせてくれるところなんかあるかねぇ」

　カーラの契約している精霊は炎の精霊ではないらしい。

　ミスリルは他の金属に比べ融点が高く、必要なサラマンダーの火もそれなりになる。

　ただ、幸いなことに炎のことなら俺がなんとかできる。

　俺は悩んだ表情のカーラににっこりと笑みを向け、問題がないことを告げた。

「炉のことなら心配いらないよ。言っただろ？　それは俺が精錬したって。俺のギルドにおいでよ。道具は鞄に入れて運べばいい」

「そうかい？　それじゃあ、悪いけど、あんたのところを貸してもらおうかね。炉の使用料はいくらだい？　それくらいは払わせておくれ」

「気にしないで。それもタダでいいよ。こちらのワガママに付き合ってもらっているんだから。

「さぁ、こっちだよ」

「なんだか随分と上手い話だねぇ。あたしはちょっと心配になってきちゃったよ」

釈然としない様子のカーラを引き連れ、【賢者の黒土】の本部、つまり俺の家に戻ってきた。

扉の鍵を開けようとして、そういえば今日は慌てていて鍵を閉め忘れたことを思い出す。

金目のものは全部この鞄に入っているから安心ではある。

仮に空き巣が中にいて、物色している最中に出くわしたら少し怖いが……

「ただいま……」

誰もいないはずの家の中に向かって声をかける。

もし空き巣がいたらこの声に気付いて窓からでも逃げ出してくれ、と思いながら扉をゆっくりと開ける。

物音は聞こえない。

俺は安心して、家の中に入る。

そんな俺の身体に、ぶつかるように人影が襲いかかってきた！

「ハンスー!!」

「ぎゃあああああ!!」

思わず大声で叫んでしまったが、聞き覚えのある声に我に返る。

よく見ると、普段着姿のソフィアが、俺に抱きついていた。

抱きついてきたソフィアをひとまず剥《は》がし、椅子に座らせる。

硬いメイルではなく普段着のため、ソフィアの柔らかな部分が当たっていたのに今更気付きドキドキする。

「す、すまない。いきなり。どうしていいか分からなくてここに来たものの、扉は開いているがどこを探してもハンスがいなくて。気が動転してたな」

「何があったんだい？　しかも、珍しく普段着のままだなんて」

そこまで詳しいわけではないが、ソフィアはダンジョンに挑まない時でも、メイルを脱がないことで有名だった。

武器も常にと言っていいほど携帯しているんだとか。

彼女は一見可憐な女性のため、街を普段着で歩いていると頻繁《ひんぱん》に声をかけられる。

それが煩《わずら》わしくなったソフィアは、ある時から一目で【白龍の風】の探索者《シーカー》だと分かる格好をするようになった。紅のプレートは目印の役割もあるのだとか。

そんなソフィアが普段着でここにいるというのは異常事態とも言える。

「実はな……今日ダンジョンに向かう前に、ギルドの脱退を告げるためにギルド長に会いに行ったんだが……」

「ゴードンに？　昨日脱退したんじゃなかったのかい？　それに、ダンジョンに行く前って、とてもダンジョンに向かったあとには見えないけど」

「ダンジョンには察しの通り行けなかった。武具を取られてしまったからな」

「なんだって!?　一体どういうこと!?」

ソフィアは昨日の朝一番、脱退を告げるため【白龍の風】に向かったらしい。

ところが、ゴードンどころか他のパーティメンバーにも会えなかったのだとか。

「ギルド長はなんでも緊急の用があるため、昨日は一切会えないと受付で言われてな。パーティメンバーも探したんだが、誰一人見つからなかった」

「それで脱退を告げられずに、今日また行ったってこと？」

「いや、さすがに伝えたさ。受付に詳細を述べ伝言を頼んだ。それだけじゃよくないとも思って、きちんと書面も残してきた……はずだった」

「はずだった？」

疑問を投げかけるばかりだけど、こればっかりは仕方ない。

隣にいるカーラは、空気を読んでくれているのか黙って聞いている。

「うむ。今日行ったのは念のためだ。一応これでも世話にはなったからな。きちんと自分の口でも伝えるのが礼儀だと思ったんだ」

「うん。それでゴードンには会えたの？」

ソフィアは頷き、顔に怒りの表情を宿らせる。

普段は優しそうな顔つきをしているのに、怒気を含んだ表情を見ると、歴戦の戦士だと素人でも分かる。

「ああ！　会えたさ！　そこであいつと来たら、なんて言ったと思う？」

「さ、さぁ。なんて言われたの？」

「脱退については伝言も書面も知らない。昨日は緊急任務を与えたはずなのに、勝手にサボって大損害をギルドに与えた。その損害を私に補填《ほてん》しろ、と言ったんだ」

「なんだって⁉　そんな馬鹿なこと！」

ソフィアがゴードンから言い渡された損害は、目が飛び出るような高額だった。

あのままあそこで働いていたら、俺には一生かけても返せないような金額だ。

いくらギルドの筆頭探索者《シーカー》のソフィアでも、簡単に払える額ではなかった……だが、なんとか工面すれば払えないでもなかったらしい。

これまでの蓄えをほぼ全て吐き出すことになるが、金はまた貯めればいい。

そう思い、払うことを了承したんだとか。

その時、今まで黙っていたカーラが突然口を挟む。

「それにしても、武具まで売っちゃったらダンジョン攻略もままならないんじゃないのかい？　あたしには分かるが、あんた、それなりの探索者《シーカー》だろう？　並の武具じゃその性能を満足に出せないはずだ」

「いや。私もそこまで馬鹿じゃないさ。剣と鎧《よろい》は売らずに払える額だった……と、すまない。あなたは？」

ソフィアは初めから思っていたであろう疑問をようやく口にした。

「あたしの名はカーラ。口を挟んで申し訳ないね」

「気にしないでくれ。ハンスとここに来たってことは新しいギルドメンバーか？　すまないな。こんな醜態《しゅうたい》を晒《さら》してしまって」

「そんなことはいいさ。それで、売ったんじゃなかったら、どうしたってんだい？　あたしは気になったことは白黒はっきりさせるまで落ち着かない性格でね」

「ああ。金を払うと答えた途端、ギルド長がとんでもないことを言いだしてな」

ソフィアがゴードンの言う支払いを認めたあと、書面にその旨をしたため、正式な方法に乗っ取り署名した。

まっすぐな性格の彼女に踏み倒すなんて考えは毛頭なかったが、ゴードンはあくまで念のためだと言った。

「署名をしたあと、ゴードンは今着ている防具と武器を置いていけ、と言いだした」

「それで素直に置いてったのかい？　あんた探索者《シーカー》だろう？　武具だって自分で用意したはずだ。いくらなんでもそれはおかしい」

「ああ。間違いなく私が買ったものだ。しかし、問題があってな」

「問題？」

ソフィアは自分が【白龍の風】の一員だとすぐに分かるように、メイルのよく見えるところにギルドの紋を彫《ほ》ってあった。

剣の柄《つか》と鞘《さや》にも同様の意匠をあしらっていた。

「ギルドを辞めるならその紋を付けた武具を装備することは許さん、とな。まさかこんなことになるなんて、作る時には思ってもみなかったから……」

「どこかで聞いたことのあるような話だねぇ」

「そんな酷いやり取りを、他にも聞いたことがあるのかい？　カーラ」

「いいや。私が言ったのはそっちじゃなくて――」

カーラが何かを言おうとしていた最中に、ソフィアは両手で顔を覆《おお》った。

そちらに気を取られたのか、カーラはソフィアに話しかける。

「落ち込んでるところ悪いけどさ。さっきはああ言ったが、武器や防具なんてまた揃えりゃいいじゃないか」

「そうしたいのは山々なんだが……前持っていた武具と同等のものを揃える金がない。更に問題は、それを作った人物の行方も分からない」

その言葉に、今度は俺がつい口を挟む。

「作った人物って、他の人じゃダメなの？」

「あの武具は特注品でな。作った鍛冶師は難のある性格だったようだが腕は確かだった。正直あの武具と同等のものを作れるのはそういないだろう」

難のある性格で、腕は確か。そして今は行方が分からない。

分からないということは、どこのギルドにも所属していないということだろうか。

どこかで聞いたことがある話だ。

そう思って俺はカーラの方を見る。何故か彼女は笑っていた。

「まぁ、性格については散々言われてきたからね。今更面と向かって言われても気にしないよ。それで、あんたが装備してたもん以上のものを用意できれば、問題ないんだろう？」

「カーラだったか。簡単に言ってくれるな。そんなもの、あるとしても手が出せない。言っただろう。有り金はほとんどなくなってしまったって……」

ソフィアは顔から手をどけると、カーラの方を向いて目を見開いた。

相変わらずカーラは笑っている。

「面と向かってと言ったな？　それに、カーラ……まさか、あなたは……？」

「ああ。性格に難のある鍛冶職人カーラ本人だよ。昔、ミスリル製の武器と鋼鉄製の紅い防具を作った覚えがある。紋入りのね。竜の紋章だったねぇ」

「そんな。そんな偶然があるものなのか。しかし……金が工面できないのには変わりない」

「できちゃうんだねぇ、これが」

カーラは変わらぬ笑顔で俺の方を見る。

ソフィアも、そして当の本人の俺も、彼女の真意が分からず返答できずにいる。

痺《しび》れを切らしたのか、カーラは俺の背中を叩きながら言った。

「鈍《にぶ》い男だね！　錬成以外はからっきしかい？　なんのためにあたしをここへ連れきたんだい。あんたのミスリルを私に打たせてくれるためだろう!?」

「あ、ああ。だけど、それと、ソフィアの武具と何の関係が？」

「かー！　だから！　今ここで、そのミスリルでこの娘の武器を作ってやるって言ってんだろう？」

「だ、だけど……それに払う金が――」

俺の声を遮《さえぎ》るように、カーラが机を叩く。

あまりの勢いに、俺はビクッと身体を跳ねさせてしまった。

「元々ミスリルはあんたのもんだろう？　私の要望はそのミスリルを打ちたい。それだけさ。あんたは私の技が見たい。でも、何を作るかは二人に取ってどうでもいいことだ。なら、この娘の武器を作ってやればいいだろう。違うかい？」

「武器を……タダで作ってくれるって言うのか？」

「あたしはいい金属を打てりゃあいい。金なんて生きていく分がありゃ、それでいいのさ。さぁさ、日が暮れちまうよ。どうするんだい？」

「……分かった、頼むよ。ソフィアの剣を作ってくれ」

そう言った俺を見て、カーラは今日最大の笑みを浮かべた。

「ところで、名前を聞いてなかったけど、ハンスでいいのかい？　あんた、ここにくりゃあ炉の心配なんていらないって言って、そんなもんどこにもないじゃないか」

「ん？　ああ。実はね、俺は炎の精霊と契約しているんだ。だから、炎も温度も自由自在さ。ということで、手伝うよ」

そういえば、カーラに名乗るのを忘れていたことを思い出した。

恥ずかしい気持ちを誤魔化《ごまか》すように、頬をかきながらそう言う俺を、不思議そうな顔でカーラは見つめてくる。

まるで、「何言ってんだ？　あんた」とでも言いたげな顔だ。

別に変なことを言ったつもりはなかったが、素人の俺が自他ともに認める天才鍛冶師の手伝いをするというのは失礼だっただろうか。

そんな俺の考えとはまったく違ったことをカーラは口にする。

「炎の精霊と契約をしている者は珍しくないだろうけどさ。炎も温度も自由自在だって？　一体どういうことだい？」

「え？　言葉の通りさ。他の人がどうかは知らないけど、俺はミスリルを溶かすくらいわけないよ」

カーラは半信半疑の顔だ。

それでもここで言い合っていてもしょうがないと思ったんだろう。

ここに来る時にカーラの家に寄って持ってきた金床《かなとこ》を床に設置し、そこにミスリルを置く。

そしてカーラはそのミスリルを指差し、俺に言った。

「試しにこのミスリルを赤熱《せきねつ》させてみておくれよ」

「せきねつ？」

「赤くなるまで熱しろってことさ。できるかい？」

「赤くなるって……ああ！　なるほど」

前世の記憶で、ものを熱すると温度によって色が変化するという知識があった。

本人、と俺が言うのも変だが、昔の俺も聞きかじりの知識で、教養っていうものだ。

それによれば、赤というのは想像するほどそんなに温度は高くない色なんだとか。

ミスリルが溶けるくらいの熱だと、むしろ黄色に近い色だった気がする。

俺はミスリルに手を触れ、熱を送る。炎を生み出すだけでなく、こうして直接ものを熱することもできるのだ。

ただし俺が熱をコントロールできるのは、直接手を触れたものだけ。

触れていないものを熱することは、できなくはないが、せいぜいお湯を沸かすくらいだ。

そういえばこれは今になって思い出したことだが、前世の地球というところでは、一つの炎から世界ができたという言い伝えがあるんだとか。

もしかしたら俺が炎の精霊と相性がいいのは、前世のことと関係があるからなのかもしれない。

その地球では、火を手に入れることにより、人類は進歩していったとも信じられているからな。

そんなことを思いながら、俺は熱したミスリルを見る。

全体が熱せられ、赤々と光を放っている。

「これでいいかな？」

「驚いたね。まさか、本当にこんな高温を操れるだなんて。ただ、ちょっと高いね。もう少し、もっと鈍《にぶ》い色になるまで下げてくれるかい？」

どうやらカーラは、熱したものの色で温度が正確に分かるようだ。

日本にも鍛冶師というのは存在していて、その人たちも色で温度が分かったらしい。

らしいというのは、残念ながら前世の俺は、実際に鍛冶師と会ったことはないのだ。

これも【学校】というところで、書物から学んだ知識だ。

学校というのは様々な知識を詰め込む学び舎で、驚くべきことにほぼ全ての子供たちが行くところだ。

この国の常識ではとても信じられない話だが、きっと前世の俺がこの世界では誰も知らないようなことまで知っているのは、そのおかげなのだろう。

しかも、前世の俺は子供時代どころか、大人になったあとも長い間通って知識を詰め込んでいた。

同じような境遇にいた俺が言うのもなんだが、そんなに知識を持っていた前世の俺が、死ぬまで働かなければいけなかった日本っていうのは、ここよりも恐ろしいところなのかもしれないな。

関係のないことを思いながらも、俺はカーラに言われたように、ミスリルの熱を先ほどより下げていく。

どうやら色々なことが引き金となって、前世の記憶が途切れ途切れに思い出されていくらしい。

「よーし。そのまま温度を保ってくれ。今からちょっと打っていくからね」

「ああ。分かった」

カーラは手に持つ槌で、赤く熱したミスリルを軽快に打っていく。

小気味よい音が鳴り響く中、直方体に近い形をしていたミスリルは徐々に形を変えていく。

俺はカーラの邪魔にならないように、熱を送るために触っている場所を適宜ずらしながら、その槌を見つめていた。

「よし、今度は一気に明るい赤まで温度を上げてくれ!!」

「えーっと、このくらいかな?」

カーラの指示に従い、俺はミスリルをカーラの求める色になるよう、微妙な温度の調整をしていく。

望みの色になると、合図があり、カーラは先ほどより強く槌を振るった。

火花なのか飛び跳ねたミスリルの破片なのかは分からないが、小さな赤い光が、槌とミスリルが当たる度に散る。

その綺麗な光景に目を奪われていると、カーラが再び指示を出す。

「よし！　一旦、熱するのをやめてくれ！」

「ああ」

カーラは用意しておいた水桶に、まだ赤い光を放つミスリルの塊を勢いよく突っ込んだ。

水が一気に蒸発し、水蒸気が空気中で冷やされ、まるで煙のように辺りを白く染める。

「うん！　さすが、いいカネだけあるね。無駄になるところがほとんどないよ！」

カーラは水桶から引き上げたミスリルを目の高さまで上げて見つめ、満足そうに言った。

よく分からないけれど、とにかく俺の作った純度の高いミスリルは、カーラにとって問題ないようだ。

そのあともカーラの言う通りに何度かミスリルの温度を変える。

カーラの槌によって、ただの塊だったミスリルがみるみるうちに剣の形に変わっていった。

「よし！　手伝いはもういいよ！　あとは仕上げだけさ！」

「ああ。それにしても凄いな。熱を自在に操れると言ったものの、カーラの指示がなきゃ何も分からなかったよ」

「あっはっは。鍛冶は鍛冶屋ってね。あたしだって、あんたの仕事をやれって言われたってできやしないさ。得意なことは人それぞれなんだ。しかし、あんたの技能には驚いたね」

「私から見たら、どちらも凄いの一言だがな。戦うことしか能のない私には、手伝うことすらできなかった」

今まで静観していたソフィアが、言葉を発した。

それを聞いてカーラはにっと白い歯を剥《む》き出しにして笑う。

「それこそ、戦うことはあたしらじゃ無理だからね。ほら！　約束通り、あんたの新しい武器だよ！　今度は誰にも取られるんじゃないよ‼」

「あ、ああ」

前に突き出された剣を受け取り、ソフィアはまじまじとミスリルの剣を見つめた。

まだ柄すらすげられていない、青白く輝くその刀身は美しく、素人の俺から見ても心を奪われるくらいだ。

「素晴らしいな。前の剣も驚くほどの出来だったが、これは使うまでもなく、その遥か上をいっていると分かる。カーラの腕がより上がったってことか」

「いや。残念だが、あたしの腕だけじゃ、こんな剣は打てないさ。素材がよかったんだよ。さすがあたしが一目で惚《ほ》れ込んだカネだ。それと――」

カーラは俺の方を見る。何故かその顔は偉く嬉しそうだ。

「こんなに楽しいカネ打ちは初めてだよ！　信じられるかい⁉　あんたはあたしの思った通りの温度に毎回調整してくれたのさ！　正直、炉の扱いにも自信があったが、ハンスほどの正確さはさすがのあたしでも無理だね。ここまで上手く打てたのは、半分はハンスのおかげさ！」

俺はその言葉に恥ずかしくなって、また頬をかく。

カーラはこう言っているが、実際はカーラの言う通りの温度にするために何度も何度もやり直しをくらった。

しかし、始めは指示の曖昧《あいまい》さに戸惑っていたものの、途中からは要領を掴んで少しずつ速くできるようになった。

次もしやることがあったら、今回よりうまくやれる自信がある。

そして、俺はこの時決心をしていた。

カーラは誇張なしで最高の鍛冶師だ。

一緒に手伝いをしてみて、そう確信していた。

それならば、俺はカーラをぜひうちのメンバーに欲しい。

俺は誘いの声をかけようとカーラの方を向き、口を開きかける。

しかし俺が言葉を発するよりも早く、先に自分の欲求を述べた者がいた。

「とりあえず試し斬りをしてみたいんだが、何かいいものはないか？」

ソフィアはソワソワしながら辺りを見渡し、満面の笑みを浮かべている。

カーラをメンバーに誘う出鼻をくじかれたが、確かに俺も興味があるので、ソフィアの要求を先に済ませることに。

「ちょっと待ってな。勢いで渡したものの、そのままじゃあ握りづらいだろう。柄をすげてやるよ。一旦貸してくれるかい？」

「ああ。頼む」

ソフィアはカーラにできたばかりの剣を渡した。

「あ！　しまった、あんた魔法を剣に宿すんだったたね。前の依頼は特別だったたからよく覚えてるよ。そうすると、柄も普通のじゃ都合が悪いねぇ」

「なになに？　何か他に必要なの？」

カーラに聞くと、ソフィアが以前剣を作ってもらった時は、柄にも魔力親和性の高い素材を用いたらしい。

握った手の平から魔力を剣の刀身に流し、切れ味の向上や、特殊な効果を付与《エンチャント》するのだとか。

魔力親和性の高い素材で柄によく使われるのは、植物系の魔力の高いモンスターの幹や枝、もしくは同じく魔力の高いモンスターの牙や骨だ。

俺はそれを聞いて、自分の持ち物の中にいいものがないか思考を巡らす。

そういえば、ちょうどよさそうなものを持っていたな。

「これとかどうかな？」

俺は鞄から一本の牙を取り出した。

「サンダーウルフの牙じゃないか！　これはいい。元々雷の魔力を蓄えているものだから、魔力との相性はばっちりだ。これをもらっていいかい？」

「ああ。ちょっと事情があって、蓄えてあった雷属性の魔力はほとんど残ってないけど……いいかな？」

「そいつはちょうどいいね。武具に使う時は、魔力を抜いた方がいい場合があるんだよ。今回は魔力の通り道にするわけだから、むしろ好都合さ」

サンダーウルフの牙は、すでに俺の金属精錬の実験で魔力がほとんどゼロになっていた。だが、それがかえってよかったらしい。

カーラはサンダーウルフの牙を受け取ると、器用に削り出して柄の形へと変えた。

そして先ほどのミスリルで作った刀身をはめ込み、抜けないように細工する。

こういう細かい作業も鍛冶師の仕事のうちらしい。

ふと疑問に思って、俺は率直な質問を投げかけてみる。

「ところで、魔力親和性が高い素材がいいなら、柄もミスリルで作ったらよかったんじゃないのか？」

「金属はそのままだと滑《すべ》りやすいからねぇ。特にモンスターの血なんかが付くとね。だから滑り止めのなめし革なんかを巻くんだが、それが魔力の通りを阻害しちまう」

「牙はその点滑りにくいってことか」

「牙や骨は、よく見たら滑《なめ》らかじゃないからね……あいよ！　さぁ！　好きに使っておくれ！」

カーラがソフィアに剣を返した。

こうしてできた新しい剣を、ソフィアは嬉しそうに掲げる。

今は家の中なのだから、いきなり振り回したりしないかドキドキする。

「これはいいな！　握り手もしっくりくる。実を言うと私は雷属性の魔法をよく使うんだよ。きっと相性もいいだろう。それで……悪いが何か試し斬りしていいものはないかな？」

「どんなものがいいの？」

「そうだな……この剣なら、大抵のものは斬れる気がする。なるべく硬いものがいいな。岩や金属の塊とか」

「岩なんてこの辺りにあるわけないしなぁ……」

そこで俺はあるものを思い出した。

俺はこの前試してみて失敗したまま放置していた、様々な金属を溶かしてしまったアシッドスライムの強酸液を持ってくる。

「なんだそれは？　さすがの私でも、液体は斬れんぞ？」

「ちょっと待っていてね」

見た目はソフィアの言う通り、ただの液体だ。

しかし前世の記憶から、俺は確信を持ってこの作業を始めることができる。

というのも、物質というのは見えなくなってもそこに確かに存在するのだとか。

正直なところそんなことを言えば、この世界の多くの人間に笑われるだろう。

しかし、それは間違いない事実なのだ。

俺はこのアシッドスライムの強酸液の中にいくつもの金属を入れた。

だから溶けて目に見えなくなったとしても、この強酸液の中にはまだ溶けた金属が存在しているのだ。

溶けてしまった金属を再び取り出すにはどうすればいいか。

それは簡単なことだ。液体をなくしてしまえばいい。

俺は強酸液を家の外に運ぶと、温度を操作してそれを急熱した。さすがに家の中でやる気にはなれなかったから。

強酸液はボコボコと沸騰《ふっとう》しながら揮発《きはつ》し、体積を減らしていく。

やがて、液の中に鈍《にぶ》い色をした金属の欠片《かけら》が析出し始めた。

水分の中に溶けきれなくなった分の金属が、また出てきたのだ。

やがて全ての液が蒸発し、底に大量の金属の砂のようなものが溜まった。

それを見て、ソフィアはまた不満を漏らす。

「なんだこれは？　液体じゃなくなったが、こんな砂だって切れるわけないだろう。私をおちょくっているのか⁉」

「だから、待ってってってば。もうすぐできるから。ね？」

俺はそう言いつつ、砂を熱してドロドロに全て溶かす。

そしてゆっくりと冷やした。

すると、砂状だった金属の欠片は、大きなひと塊になっていた。

金属の寄せ集めの完成だ。元は何が入っていたかは忘れてしまったけれど、どうせ捨てるつもりだったのだから、最後に役に立ってもらおう。

「さぁ。これなら斬れるでしょ？　硬いかどうかは知らないけれど」

「これは……なんだ？　まぁ、試し斬りしていいものなら、私はなんでも構わないが」

ソフィアはきちんと柄を付けてもらったミスリルの剣を上段に構え、勢いよく振り下ろした。

ミスリルの硬度は金属の中でも上位だ。

適当に作り出したこの金属の塊なら試し斬りにはちょうどいいだろうと俺も思っていた。

ところが……

キーン!!

鋭い音が響き、俺を含めたその場の全員が目を見開いた。

簡単に斬れると思っていた金属の塊は、ソフィアの一撃にビクともしなかったのだ。

「まさか!?　いや、何かの間違いだろう。ちょっと適当に剣を振ってしまったな。今度は本気で行く」

ソフィアはそう言うが、先ほどの一撃は素人目には凄《すさ》まじい勢いだった。

ダンジョンの中に生息するモンスターの中には、そこら辺の金属より硬い甲羅《こうら》や鱗《うろこ》を持つモンスターもいると聞く。

ソフィアはそういった魔物すらも斬り倒すそうで、そんな彼女の剣撃を受けたのに傷一つ付かないというのはなかなか信じ難《がた》い事実だ。

俺は思いもよらず、とんでもないものを作り出してしまったのではないだろうか。

「ふっ！」

先ほどよりも更に鋭い一撃をソフィアが繰り出す。

確かに、本気じゃなかったというのは本当だったらしい。

今度は塊の半分ほどまで、斬りつけられていた。

やはり【白龍の凪】で筆頭探索者《シーカー》を張っていたというだけある。

こんな金属の塊をあそこまで深々と斬ることができるのだから。

もしあれが鎧だとしたら、胴体まで優に到達しているだろう。

尊敬の眼差しをソフィアに向けたものの、当の本人は浮かない顔をしている。

そして凄い形相でこちらを見て、声を張り上げた。

「ハンス!!　一体なんなんだ、この金属は!?　今の一撃は、ドラゴンの鱗だって切断できるんだぞ!?」

「え!?　なんなんだと聞かれても……なんなんだろ……？」

詰め寄られて冷や汗を流していると、前世の記憶が再びヒントをくれた。

これは【合金】というものだ。

純度の高いミスリルのように不純物を除けばいい効果が得られると思っていたが、どうやら例外もあるようだ。

いくつかの金属をある一定の割合で混ぜ合わせることにより、その金属だけでは到底不可能な性能を持たせることができるようになる。

しかし残念なことに、前世の俺は合金の専門家ではなかった。

あくまでそういうことがある、という知識しか記憶の中からは得られなかった。

更に残念なことに、先日の俺も色々と立て続けに試してみていたせいで、どんな金属をどれだけ使ったかなんて覚えていない。

つまり、これを再度作ることはほぼ不可能ってことだ。

ソフィアの圧が強いため、気分を落ち着かせるために、他に持っていた鉄の塊を斬ってみたらどうかと勧める。

彼女は不満そうに再び構えると、今度は軽く一刀両断してしまった。

「ほら！　この剣の斬れ味が悪いわけじゃないんだ！　それどころか思った通り、以前のものよりずっといい。それなのに！　全力でもきちんと斬れないこの金属はなんなんだ!?」

「いや……実は俺も詳しくは分かってないんだけど……あえて言うなら……合金？」

「名前はなんだか分からないけどさ。これだけ硬いんなら、この娘の防具に使ったらいいんじゃないのかい？　というか見たこともない金属だが、これを打ちたいと私の魂が叫んでいるよ！」

今まで様子を眺めていたカーラが、そんなことを言いだした。

俺は目を丸くし、ソフィアはいい提案だと大きく頷いた。

こうして俺が思いつきでやった実験と、更にもったいない精神で作り出した不思議な合金は、カーラの手によって、ソフィアの新しい鎧に生まれ変わることが決まった。

ただし、今日はもう遅いため、明日改めて来てもらうことにした。


「それでどうするんだ？　また、炉が必要なんだろう？」

次の日、朝早くから俺の家に訪れたカーラに向かって、俺は質問を投げかける。

「ああ、この金属は硬いが溶かすことはできそうだからね。まずは溶かして大体の形を作るよ。ただねぇ、ちょっと量が足りない。前回はフルプレートメイルだったが、同じような形のものを作るのは無理だね」

「そうか。じゃあどうするんだい？」

「まずは重要な部分を作ろう。あとは張り合わせるかなんかして間に合わせるしかないね」

俺は昨日に引き続き、カーラの言う通り合金を熱していく。

まずは、大まかな大きさに合金を分割して溶かし固めるらしい。

カーラが事前に用意した鋳型《いがた》に合金の塊を置き、部分的に溶かしながら中に流し込んでいく。

「いいね。これでいったん冷え固まるまで待つんだよ。この時急に冷やそうとして慌てちゃいけない。ゆっくりと冷やすのがコツさ」

量産型の武具などは、この鋳型に流し込んで形を少し整えて終わりというのも多いらしい。

ただ、それよりも槌で打ち付けた方が、より丈夫なものができやすいとカーラは説明してくれた。

「そろそろいいだろう。鋳型を壊すよ」

砂でできた鋳型をどけると、中から少し湾曲《わんきょく》した板状の合金がいくつも出来上がった。

それを一つ一つ熱しながら槌で打ち付けていく。

「なんだいこれ。こりゃ難しいカネだね」

槌を打ちながら、カーラはそうぼやいた。

どうやら、ミスリルの時とは勝手が違うようだ。

「初めて打つからね。それにしてもワクワクする。いくらでも逆らってくれて結構だよ。今回もきちんとあんたを屈服させてやるからね！」

合金に向かって話しかけている。

俺も新しい錬成品を作る時にぶつぶつと独り言を言ってしまうことがあるが、それと同じだろうか。

そんなことを思いながら、俺はカーラが合金を槌で打つのを見つめていた。

かなりの時間が経ったが、どうやら難航しているらしい。

その証拠に、色々と手法を変えて何度も打ち付けている。

何がダメなのか聞いてみたい気もしたが、カーラから発せられる近寄り難い雰囲気に、声をかけられずにいた。

古《いにしえ》の鍛冶師は神のために金属を打ったと聞いたことがあるが、ある種の神々しささえ感じられるカーラの姿を見ていると、あながち嘘ではないと思えてしまう。

どちらにしろ何がダメなのか説明を受けたとしても、素人の俺が分かる話でもない気がしてきたので、俺はひたすらにカーラの手伝いに徹することにした。

「分かった！　こういうことだね‼」

そう叫んだカーラは、先ほどよりリズミカルに槌を打ち付け始めた。

槌が振るわれる度に、合金の形が変わっていく。

コツというものを掴んだみたいだ。

しばらくして、初めに分けた合金の形が整えられていた。

これで、鎧のための重要な部分が完成したわけだ。

しかし、カーラは浮かない顔をしている。

俺はその表情が気になって、思わず聞いてみた。

「どうしたんだい？　全て無事に終わったんだろう？　何故か悲しそうな顔に見えるけど」

「そりゃ悲しいさ。これは初めて打つカネだった。かなりのじゃじゃ馬だったさ。だから、打ってて楽しくてね。でも、もう全て打ち終えてしまった。もうないんだと思うとね」

そう言って、カーラはゆっくりと槌を持つ腕を下ろした。

その感情が分からないでもない。

俺も何か新しいものを作る時が一番楽しい。

そして作り終えると、達成感と、もう終わってしまったという消失感が少し遅れてやってくるのだ。

俺はその話を聞いて改めて、カーラを、彼女をこのギルドに誘いたいと強く思った。

☆☆☆

——ところ変わって【白龍の風】ギルド本部。

「まだか!?　まだ出来上がらんのか!!　納期は明日だと分かっているんだろうなぁ!?　この無能共が!!」

「し、しかしギルド長。さすがにこれほどの数をこの納期では……」

「口答えなど許さん！　できないならできないと雇う前にそう言わんか!!　お前の代わりなどいくらでもいるんだ！　そのことをきちんと考えて発言しろ!!　今日は終わるまで帰ることは許さん!!」

「そ、そんな……」

ゴードンは新しく雇った錬金術師《アルケミスト》たちを怒鳴りつけると、工房をあとにして自室に戻った。

豪奢《ごうしゃ》な椅子に深く体を沈め、彼は一つ大きな息を吐く。

「まったく!! あんな無能を雇うなんて金の無駄だ！ その点ハンスは……」

ゴードンはそう言って、少し前に無礼にも自分の意思に背《そむ》き、ギルドを出ていったハンスのことを頭に浮かべる。

類稀《たぐいまれ》な才能を見出し、自分が一から育て上げたハンス。その男がまさか【白龍の風】を去るなど、ゴードンは思ってもいなかった。

「あいつめ……世間知らずのくせに跳ね返りおって。しかし、道は封じた。どうやら新しいギルドを作ったようだが、買い手が見つからない以上、ここに戻ってくる以外に生きていく道はあるまい」

ゴードンは意地の悪い笑みを顔に浮かべた。

ハンスは能力はあるが、まさにゴードンの言いなりだった。

そうなるように、小さいハンスをゴードンが育てたのだから仕方がない。

ゴードンにとってハンスは所有物であり、金の卵を産み続けるマヌケなガチョウだった。

そんなハンスを使い、ゴードンはとある計画のため、密かに莫大《ばくだい》な資金を貯めていたのだ。

しかし、まだその志半《なか》ば。ようやく準備が整い、これから本格的に動くために更に金を貯めなくてはいけない。

「ハンスが戻るまでの辛抱だ。それまでは、あの本当の無能どもにせいぜい客先が途絶えんように働いてもらわなくてはな」

ゴードンは机に置いてあった、琥珀《こはく》色の酒が入ったグラスを傾けた。


明くる日。

ゴードンがギルドに顔を出すと、新しい錬金術師《アルケミスト》が作ったという、今日納期の魔法薬を受付から渡される。

それを一瞥すると、彼はこれまで通り相手に送るように指示を出す。

この時、ゴードンは本来すべき確認を怠《おこた》ってしまった。

ハンスが常に問題なく良品を作るので、品質の確認をするということをしなくなっていたためだった。

「あいつらに報酬はもう支払ったのか？　……まだか。徹夜で工房を使った分の経費を引いておけよ？」

そう言うとゴードンはいつも通り、自室でいかにして金を儲けるかの思案を続け、思いついたことをギルドメンバーにいかに安上がりでやらせるかを夕方まで考えていた。

そんな中、ゴードンの部屋に突然人が入ってくる。

「ギルド長‼　大変です‼　大問題が‼」

「なんだと⁉　大問題とはなんだ！　何があったと言うんだ！」

「今日納品した魔法薬なのですが、上級魔法薬でして」

「そんなもんはいちいち言われんでも知っている！　時間の無駄はいらん！　要点だけ伝えろ！」

「は、はぁ。その……【赤龍《せきりゅう》の牙】の探索者《シーカー》パーティ【灼紅《しゃっこう》の杖】にその魔法薬が渡ったらしく」

【赤龍の牙】というのは、【白龍の風】と古くから親しくしている探索者《シーカー》専門ギルドで、専門ギルドの中では最大級の勢力を持つ。

大問題と言われた相手が【赤龍の牙】だと聞いて、ゴードンの眉が跳ね上がる。

彼は失念していたが、確かに今日出した魔法薬の取引相手は【赤龍の牙】だった。

大事な顧客だからこそ、徹夜させてまで納期になんとか間に合わせたのだ。

ましてや、今名前が上がった【灼紅の杖】は、そのギルドの筆頭パーティ。

魔力による戦闘に特化した者だけで形成されるという珍しいパーティで、この街では屈指の実績と知名度を誇る。

「そういえばそうだったな。それで、何が大問題なんだ？　今までに何度も取引している相手だろう」

「ええ。今回【灼紅の杖】はかなり入念な準備をした上でのダンジョンアタックだったらしく……朝に届けた魔法薬を持って、第十階層へ向かったそうです」

「第十階層だと？　むぅ。うちのパーティでもまだ第八階層までしか進めていないのだったな……【赤龍の牙】はもうそこまで進んでいるのか」

「今回が初チャレンジだったそうです。サポートパーティも組んで、準備万端で向かったそうなんですが、うちの出した魔法薬のせいで大失敗に」

ゴードンはその話を聞いた途端、頭を掻きむしった。

この街でダンジョンの第十階層に到達したパーティはまだいない。

もし【灼紅の杖】が到達し、何か新しい素材を持ち帰りでもしたら街を上げて賞賛される成果と言える。

しかし、それゆえ成功難度も著《いちじる》しく高い。

そして、【赤龍の牙】のギルド長にして【灼紅の杖】のパーティリーダーであるマーベルは、石橋を叩いて渡る性格だとゴードンはよく知っている。

彼女が入念な準備をしたというのだから、かなりの日数、そして費用がかかっているのは間違いない。

その大事な挑戦を、自分のギルドから出した商品がダメにしたというのだ。

マーベルの性格なら、よほどの確信がない限りそんなことを表立って言ってこないというのも、ゴードンには分かっていた。

それが耳に入ってきたということは、自分のギルドの商品のせいなのが明確であることを意味している。

これは由々《ゆゆ》しき事態だった。ただ謝るだけでは許されるはずもない。

ましてや、【赤龍の牙】は大事なお得意様だ。

下手な対応をして、手を切られるわけにはいかない。

これからも、多くの品を高値で買い取り続けてもらわねばならないのだから。

「そ、それで!!　どうしてうちの出した魔法薬なんかで大失敗になるんだ!!　魔法薬ごときでそんなことが起こるなど信じられん!!」

マーベルの言い分に間違いはないと思いながらも、ゴードンは開き直ろうとして怒鳴る。

興奮して顔に赤みが増し、しかしすぐ事態の重さに血の気が引いて土色になる。

ゴードンの顔色は目まぐるしく変わっていた。

「中間地点、第五階層までは特に問題なく進んだそうですが、そこで魔法薬を一本ずつ飲んだらしいのです。【灼紅の杖】のメンバー全員が、です」

「まぁ、あいつらは常に魔力を使う戦いをするからな。魔力くらい回復して当然だろう。それがどうした！」

「飲んだあと、メンバーに異変が起こりました。全員、身体にうまく力が入れられなくなってしまったとか」

「なんだと!?　なんで魔法薬を飲んでそんな状態異常になるんだ！　おかしいだろう！　うちから

出したのは、間違いなく魔法薬だったのか!?」

そう怒鳴りつつも、ゴードンは冷や汗を掻いていた。

昨日徹夜で作ることを指示し、今日の朝納品したのは魔法薬だということは、自分が一番よく知っている。

ゴードンはさらに怒声を上げる。

「あいつらは！　新しく雇った錬金術師《アルケミスト》はどこにいる!?　あいつらにこの問題の説明と責任を取らせろ！」

「それが……彼らはすでにこのギルドを脱退してしまったそうです」

ゴードンが頭を抱えたその時である。

「ちょいと、邪魔するよ。とんでもないことをしでかしてくれたじゃないかい。え？　ゴードン」

「ま、マーベル!?」

ゴードンの部屋に、若々しい女性が入ってきた。

炎のような真っ赤な長い髪をまっすぐ下ろしたエルフの女性。【赤龍の牙】のギルド長、マーベルだ。

彼女の外見は若々しいが、それは不老長寿の種族エルフの特徴だ。マーベルは少なくともゴードンの父の代からギルド長を務めていて、実年齢は彼も知らない。

この街に暮らす人の中で、ゴードンが強く出られない数少ない人物の一人だった。

「ゴードン。今回のダンジョンアタックは、それはそれは期待を込めたチャレンジだったんだ。あんたなら私が何を言いたいか分かるだろう？」

「損害……賠償を請求するというのか？　このギルドに」

絞り出すような声で言うゴードンに、マーベルは一度頷く。

髪よりもさらに深い紅色の瞳が、ゴードンの焦点の定まらない目を射抜いていた。

「正直、どれだけの損害が出たかは考えたくないくらいだよ。当然第十階層までの間に回収予定の素材もパァだからね」

「しかし！　いくらなんでも体調を悪くさせたくらいで失敗の全責任を取らされるのは！　まだ第五階層だったんだろう!?」

「ああ。私らにとっちゃ問題ない階層さ。普通のモンスターが相手なら、ね。運が悪いことに相手は『イレギュラー』だった」

「む、むぅ。『イレギュラー』か……それは運が悪いな」

『イレギュラー』というのは、その階層よりも数段深い階層に生息するような強さを持つ魔物の個体の名称だ。

ダンジョンはどういうわけか分からないが、階層が深くなればなるほど棲息《せいそく》するモンスターの凶悪さが増していく。

逆に言えば、基本的に階層内では一定の強さのモンスターとしか会わないのだが、『イレギュラー』はその名の通り例外の存在だ。

浅い階層で遭遇したなら対応も可能だが、深い階層で遭遇すれば多大な被害は免《まぬか》れない。普通は逃げの一手である。

マーベルは言葉を続ける。

「まぁイレギュラーと言っても所詮第五階層だ。問題ない……はずだった。あんたがまともな薬を納入さえすればね！　何を混ぜたか知らないが、あんたの魔法薬のせいでうちのパーティは半壊。命からがら逃げ帰る羽目になったよ!!」

「ま、待ってくれ！　マーベル。確かにうちはあんたのところに魔法薬を売った。それは認める。しかしだ、何かの間違いがあったにせよ、作った錬金術師《アルケミスト》のせいなんだ。そいつらにきっと責任を取らせるから――ひゃあ!?」

言い訳を続けようとするゴードンの目の前に、突然火柱が立ち上り、一瞬で消えた。

炎の魔術師であるマーベルが、ゴードンの口を閉じるために放った炎だった。

「誰が作ったか、なんてのはもう関係ない話なんだよ！　私はあんたのギルドから買ったんだ。その得体の知れない錬金術師《アルケミスト》から買ったわけじゃない。その責任は誰にある？　ギルド長のあんたにだろうが！」

「う……うぅ……」

マーベルの気迫に負けて、ゴードンは言葉を詰まらせた。

それを見てマーベルは大きなため息をつく。

「まったく……あんたのところから魔法薬を買って長いけれど。こんなことは初めてだよ。しかもよりによってこんな大事な時に。今回、品質の確認はきちんとしたんだろうねぇ？」

「う……も、もちろんだとも！」

ゴードンはどう答えるのが正解か分からなくなって、つい口からでまかせを放った。

これまでゴードンは、品質の確認をしたことなど数えるほどしかなかった。

それだけ、ハンスの作る魔法薬の品質に絶大な信頼を置いていたのだ。

だが、今回魔法薬を作ったのはハンスではない。ゴードンはその事実の重大さに気付いていなかった。

今回の魔法薬で起こった問題は、ゴードンがケチって安く購入した素材の中に、薬草によく似た毒草が混じっていたことが直接の原因だ。

ハンスなら毒草の存在に気付いて取り除いていたはずだった。

あるいは、ゴードンに雇われた錬金術師《アルケミスト》たちも普段なら気付けていただろう。

しかし、彼らはゴードンの無茶ぶりによって徹夜を強《し》いられていた。

疲労が溜まって朦朧《もうろう》としていた錬金術師《アルケミスト》たちは毒草に気付くことができず、肉体を弛緩《しかん》させる毒を持つ魔法薬が完成したのだ。

毒草単体ではそれほど危険ではなかったが、運の悪いことに他の成分と掛け合わさることにより毒の効果は増幅されてしまった。

錬金術師《アルケミスト》にも責任はあるが、それ以上にゴードンの責任は大きい。

ゴードンが一本でも品質の確認作業をしていれば、この問題を未然に防ぐことができたのだから。

それをやらなかったのは、これまでのゴードンの習慣、悪癖《あくへき》のせいだと言わざるを得ない。

マーベルは冷ややかな目でゴードンを見つめた。

「それじゃあ、あんたのギルドの確認作業に問題があるとしか言えないね。とにかく、今回はそれを伝えに来たんだ。嫌味を言いにね。私だって飲んだ一人なんだからね……賠償についてはきちんと金額を算出してからまた来るよ。踏み倒そうなんてしたら許さないからね。よーく覚えときな」

「あ、ああ……」

マーベルが帰ったあと、【白龍の風】の中でゴードンが周囲に当たり散らしたのは言うまでもない。

章二――新しい仲間たち――

俺は今後のことを考えていた。

偶然生まれたとんでもなく硬い合金でソフィアの鎧を作ったあと、俺はカーラにギルド加入をもう一度申し込んだ。

自分が元【白龍の風】の錬金術師《アルケミスト》であり、金属の精錬も行っていたことも伝えた。

カーラは驚いた顔を一瞬見せたが、何故か納得した顔で加入を承諾してくれた。

これでギルドメンバーは二人。

どちらも俺が作ったこんな小さなギルドには、もったいないくらいの逸材《いつざい》だ。

そんな二人が入ってくれたので、早く解決しなければいけない問題がある。

金を稼ぐ方法だ。

ゴードンのせいで、俺から錬成品を買ってくれるギルドは見つからないだろう。

それにそもそも相場や市場などの知識もまったく足りない。

「はぁ……そういう知識を持った人を早々に雇う必要があるなぁ。今度管理局に当てがないか聞きに行ってみるか」

管理局ではこちらが募集を貼り出す他に、要望に合う技能を持ったメンバーを斡旋《あっせん》してくれるらしい。

今回みたいに募集する人材に求める技能が決まっている場合は、そちらの方が向いているのかもしれない。

色々と考えを巡らせていると、自宅の扉が開いて人が入ってきた。

真っ赤な鎧を身に付けた女性ソフィアと、貧相な服装をした見たことのない少年だった。

ソフィアは真面目な顔つきで、その少年を引き連れ俺の方に歩み寄ってくる。

少年はというと、何が珍しいのかきょろきょろと辺りを見回していた。

「おかえり、ソフィア。今日はダンジョンで鉱石を取ってきてもらったはずだけど。この子は？」

そう聞いたら、少年は俺の声にビクッと身体を震わせ、ソフィアの陰に隠れようとした。

ソフィアは手で少年の背中を押し、前に出させる。

そして俺の目をまっすぐ見て、開口一番思いもよらないことを言った。

「実はな。ダンジョンでこの少年を拾ったんだ。彼は名をオティスと言うんだが、ちょっとわけありでな。このギルドに入れてあげることはできないだろうか？」

俺はソフィアが連れてきた少年、オティスを見つめる。

青色の髪と水色の瞳をした、男の俺が言うのもあれだが可愛らしい顔つきの男の子だ。

服装は街の少年らしい普通のもので、変わったところといえば腰のベルトに差した複数の容器く

らいだ。

歳はまだ十になったくらいだろうか。

この歳で働くことは珍しいことではないが、ソフィアの言ったことが気にかかる。

ダンジョンで拾ったとはどういうことだろう。

普通の職人が、ダンジョンの中の素材を用いて何かを作るのはよくあることだ。

うちで言うと錬金術師《アルケミスト》の俺や、鍛冶師のカーラがそれにあたる。

しかし、俺やカーラはダンジョンに赴《おもむ》くことはない。

何故なら、ダンジョン内の魔物は素人ではまず勝てないからだ。

ダンジョンじゃなくても運が悪ければ、街の外でモンスターに遭遇することもある。

しかし、大抵は一般人でも撃退したり逃げたりできる。外で遭遇する魔物は、ダンジョン内の魔物ほど恐ろしいとは言えない存在だ。

もちろん人里離れた場所に行けばその限りではない。

で、その人里離れた場所に直結しているのが、ダンジョンだ。

それゆえダンジョンに潜る専門職として、探索者《シーカー》がいる。

彼らは鍛えられたその肉体と技で、強大なモンスターと対等に戦うことができる。

探索者《シーカー》になるために資格がいるわけではないが、どんな探索者《シーカー》でもそれなりの貫禄《かんろく》がある……と俺は思っている。

ところが、このオティス少年はとても探索者《シーカー》には見えない。何故彼がダンジョンにいたのだろう？

見ていても答えは出ないので、俺はソフィアに尋ねることにした。

「ダンジョンで拾ったってどういうことだい？　雇ってあげてほしいと言われても、素性が分からないんじゃあ何も決められないよ」

ソフィアが答えようとする前に、オティスが口を開いた。

「助けてほしいなんて僕は言ってないからな！　こ、この女が勝手に助けたんだ！　僕一人でだって、問題なかったさ！」

威勢のいい言葉を言っているものの、こちらを見る彼の瞳には、涙がうっすら溜まっている。頬にも泣いた跡が見られた。

ダンジョンで恐ろしい経験でもしたのだろう。だが、弱みを見せたくなくて強がっているというところか。

俺はそんなオティスを見て、つい微笑《ほほえ》んでしまった。

「な、なんだ！　笑って！　お前も僕を無能テイマーだと思っているんだろ！　そんなことないのに!!」

「ちょっと待ってくれ、話が進まない。悪いけどソフィア、この子のことを詳しく話してくれないか？」

ソフィアは頷いて、説明を始めた。

彼女の話によれば、それは素材を集めてダンジョンに潜った時のこと。

第三階層に差しかかったところで、一人震えるオティスを見つけたらしい。

その見た目から彼をダンジョンに迷い込んだ少年だと思ったらしく、保護するために声をかけたんだとか。

だが、実際はオティスは探索者《シーカー》だったらしい。

オティスはソフィアを見た途端震え上がり、必死で命乞いをした。

嫌な話だが、ダンジョン内は無法地帯とも言え、追い剥ぎ紛《まが》いのことを平気でする探索者《シーカー》もいるからだ。

ソフィアは敵意がないことを優しく伝え、オティスに何故一人でこんなところにいるのか尋ねた。

返ってきた答えは、少し胸くその悪い話だった。

一時的にパーティを組んだ探索者《シーカー》たちに、モンスターから逃げる囮《おとり》として置き去りにされたというのだ。

「あいつらは初めから、もしもの時のために、僕を盾にして逃げるつもりだったんだ！　あんな奴、こっちから願い下げだったけどね！」

それまで黙ってソフィアの話を聞いていたオティスが、憤った声を上げる。

気丈に振る舞ってはいるが、その身体は震えている。

第三階層といえば、いっぱしの探索者《シーカー》がパーティを組んでやっと探索ができるレベルの階層だ。ソフィアのように卓越した能力を持つ探索者《シーカー》でもなければ、一人でいるのは自殺行為と言っていいだろう。

彼女が偶然発見しなければ、今頃オティスはモンスターの腹の中、ということになっていたかもしれない。

「事情は分かったよ。それで、君はテイマーと言ったね」

「うん。探索者《シーカー》の職業の一つさ」

「実は世間に疎《うと》くて、テイマーのことをよく知らなくてね。具体的にどういうことができるんだい？　その身体で戦うっていうのは少し想像しづらいけど……やっぱり、魔法とかを使うのかい？」

「はっ！　なんだい。お前はここのギルド長なんだろう？　それなのにテイマーも知らないのか。いいよ、僕が教えてあげる」

俺がテイマーのことをよく知らないと分かると、オティスは何故か嬉しそうに教えてくれた。

テイマーというのは、なんと驚いたことにモンスター、つまり魔物を使役して戦わせることができる職業らしい。

そんなことができるとは知らなかったので俺が驚いていると、オティスは更に嬉しそうな顔をしてより詳しく説明してくれる。

その説明は分かりやすく、元々の頭がいいのだろうというのが分かる。

その時、前世の俺には甥《おい》がいたことを思い出した。

前世の俺は今の俺よりももう少し年上で、甥の年齢はオティスと同じくらいだった。

彼も自分が新しく仕入れた知識を、前世の俺に自慢げに披露し、俺が大袈裟《おおげさ》に褒《ほ》めたり驚いたりすると、鼻の穴を膨《ふく》らませて嬉しそうにしていた。

その甥と今のオティスの姿が被って見える。

少年特有の生意気さと強がりを見せてはいるものの、オティスの根は素直でいい子だと判断した。

それでなくても、この歳ですでに探索者《シーカー》として自立して活動しているというのだから、色々な経験もしているのだろう。

「ありがとう。よく分かったよ。オティスは人に教えるのがうまいな」

「え？　へ、へん！　当然だろ？　テイマーがテイマーのこと詳しくなくてどうするのさ！　テイマーは最強の探索者《シーカー》になれるとも言われてる凄い職業なんだぜ！」

「うん。それで、オティスはテイマーだって言うけど、君のテイムしている魔物はどこにいるんだい？」

聞けば、テイマーは自分が捕まえた――つまりテイムした魔物と一緒にいるのが普通らしい。

だが、オティスの周りには魔物など一匹もいなかった。

すると、オティスは急に弱気な顔になった。

「え……？　そりゃ……一緒にいるさ……わ、分かったよ！　見せてやる!!　びっくりして腰を抜かすなよ!?」

そう言ってオティスは腰に差していた試験管のようなものを抜くと、その蓋を開けた。

今気付いたが、オティスが持っているそれはトキシラズで編んだ容器みたいだ。見たところ、防水加工もされているらしい。

そうだとすれば、おそらく見た目よりも容積があるのだろう。

あの中にモンスターをしまっているということか。

しかし、トキシラズで作った容器の中には生き物を入れられなかったはずだが……

「さあ、出ておいで」

オティスの呼びかけに応えるように、試験管の中から液体のようなものが溢れ出てきた。

ようなもの、と言ったのは、通常の液体とは異なり、意志を持つかのようにひとりでに動き、そして不自然なまでの膨らみを携えたまま地面に留まっているからだ。

それを見た俺は興奮する。

これまでに幾度となく世話になった素材の元となる魔物。

実物を見るのは初めてだったが、俺は外見からそのモンスターが何であるか分かった。

思わず、普段より大きな声で名前を叫ぶ。

「スライムか!!」

スライムには数え切れないほど種類があるらしい。このスライムがどういうスライムか俺には分からないが、とりあえず深緑色をしている。

モンスターを初めて間近で見ることができて、俺は興奮していた。

そんな俺を尻目に、オティスは先ほどと打って変わって落ち込んだ表情を見せている。

「そうだよ……スライムだよ。やっぱりどこのギルドも一緒だな……お前も僕をスライムしかテイムできない無能呼ばわりすんだろ」

「無能？　何を言っているんだ、凄いぞオティス！　スライムの酸液はとっても役に立つんだぞ！　このスライムから、定期的に酸液を取り出すってことはできるのかい？」

俺は目を輝かせてオティスを見る。

実を言うと、色々と便利で役に立つスライムの酸液だが、手に入れるには問題があった。

それは、あまり高価ではない上に需要も多くないため、採取してくれる探索者《シーカー》を、こちらから直接探さないといけないということ。

今まで俺が使っていたものは、俺が個人的に探索者《シーカー》に依頼を出して確保していたものだ。

スライム自体は強くない、というかむしろ弱い部類に入るモンスターらしいので倒す苦労は少ないが、そこから酸液を取り出すとなれば話は別だ。

酸液が武具にかかれば錆《さ》びるし、皮膚《ひふ》につけばそれなりの痛みを伴う。

注意を払って液体を採取し、それを容器に入れ持ち帰る。

しかも容器が金属製では錆びてしまう。

とにかく回収が面倒なのだ。

しかし、魔法薬を含め、これがあるのとないのとでは錬成品の出来栄えも錬成に必要な時間も全然違う。

もしオティスがテイムしているスライムから酸液を定期的に回収できるなら、こんな問題とはおさらばできる。

俺は期待を込めた目で、オティスの返答を待った。

彼は困惑しているようだった。

「酸液だって？　変なこと聞くな。そんなものなんに使うんだ？」

「色々さ!!　俺にとっては凄く重要なことなんだ！　できるのかい!?」

「そりゃあ、簡単だよ。こいつら僕の命令ならなんでも聞くんだ。酸液はスライムの攻撃手段の一つだからね。容器に向かって吐き出させればいい。体内にある液を全部出したらダメだけど、時間が経てばまた増えるから、いくらでも出せるよ？」

「本当かい!?　オティス！　お願いだ！　是非ともうちのギルドに来てくれないか!?」

思わず俺はオティスの手を握りしめていた。

オティスはその手に一度視線を落とし、それから俺の顔を驚いた表情で見つめ返す。そして嬉しさと困惑が入り混じったような複雑な表情で言った。

「ぼ、僕の凄さを分かるくらいにはまともなマスターみたいだな！　しょ、しょうがないから、入ってあげても……いいよ？」

最後は聞こえるか聞こえないかくらいのか細い声だったが、とにかく俺は素敵なギルドメンバーをもう一人迎えることができたようだ。

「よかったな。これで私も一安心だ……ああ、そういえばまだ今日の採取物を渡してなかったな。ここに置いておくぞ」

ソフィアはにこやかな笑みを浮かべて、テーブルの上と床に今日採取してきてくれた品々を置いていく。

今回は色々な鉱石を取ってきてもらっている。

その他に、魔法薬をはじめとする薬の素材、あとはおそらく探索中に倒したモンスターから得たであろう素材も並んでいた。

「ありがとう。今回も大量だねぇ。それで、また悪いんだけど……」

「ああ。構わないさ。買い取りの報酬を待つんだろう？　ほとんどの資産を失いはしたが、生きるのに困らないくらいはある。問題ないさ。それよりも」

そう言ってソフィアは腰に提げた剣の柄を握り嬉しそうな笑みを浮かべる。

「この剣は凄いぞ！　予想以上だ！　馬鹿みたいに斬れ味がいいし、何より私の魔法との相性が抜群だ。これなら、一人で第六階層も行けるかもしれないな」

「それはいいね。さすがカーラが作った武器だ。そっちの鎧の方の調子はどう？」

「これか⁉　こっちもすこぶるいい！　丈夫なのはもちろんのこと、何より軽いのがいいな！　正直、この強度でこの軽さは信じられん」

「よかった。だけど、素材が足りなくて、前みたいにフルメイルじゃないから、気を付けてね？」

ソフィアが今着ている鎧は、俺が偶然作り上げた合金素材でできている。

合金は残念なことに偶然の産物であるため、今の俺に追加で作ることはできない。

胸や胴、肩や肘や膝、そういう要所を守る形でしか作り出せなかった。

カーラが言うには、他の金属との親和性も低いため、溶接するのも難しいらしい。

それでも総合的に見れば恐ろしく優秀な防具ではあるのだとか。

使い手のソフィア自体も気に入っているようだし、当分はこの装備で問題なさそうだ。

その時、ソフィアが思い出したように言う。

「ああ、そうだ。魔法薬なんだが、また追加で作ってもらっていいか？　武具のよさにはしゃいでしまってな。色々と試して思わず魔力を使いすぎてしまったんだ。費用は素材の買い取り金額から差し引いてくれ」

「うん。分かった。どうせ他に作る相手もいないから、すぐ作るよ」

俺はソフィアが取ってきてくれた素材から上級魔法薬に必要なものを取り出し、作業を始めることにした。

そしてふと思い出し、まだ残っているオティスに声をかける。

「早速で悪いんだけど、スライムの酸液を少しくれないかな。どんなものか試してみたくて」

「え？　ああ。いいよ！　どの種類のスライムでもいいのか？」

「うん。できれば派生種じゃない、ノーマルのスライムのがいいかな。他のはまだ試したことがなくて」

「そうか！　そうだよな！　普通のスライムでいいんだな？　待ってろ。すぐ出してやるから！」

何故か安心したような声でオティスはそう答えた。

そしてスライムを一匹、また試験管から取り出す。

「どこに出せばいいんだ？　金属の容器だと錆びちゃうぞ？」

「うん。この容器にくれるかな？」

俺は普段使っているガラス製の容器をスライムの横に置く。

このガラスの容器は俺の道具の中でもかなり高価なものだが、酸液を入れて加熱までするのには、これが最も使いやすかった。

「凄いな。これ、ガラスって言うんだろ？　キラキラして綺麗だなぁ。こんなの持ってるだなんて、お前は金持ちなんだな！」

「いや、そうでもないよ。ただ、他に使い道があんまりなかっただけだよ」

いくらピンハネをされていたとはいえ、【白龍の風】での俺の稼ぎは相当なものだった。というか、作業量が異常だったからな。

一つ一つの報酬は安くても、毎日何件もの依頼をこなし、それを何年も続けていればそれなりの金額になる。

その何倍もの儲けをゴードンが着服していたんだろうと思うと、腹が立つけれど。

それでも、今はこうやって楽しみながら錬金ができることが素直にありがたい。

そう思いながら、オティスがスライムに命令するところをじっと眺める。

オティスがスライムに向かって命令すると、その通りにスライムが身体の一部から酸液を容器に吐き出し始めた。

「凄いな、テイマーっていうのは。もっと色々な指示が出せるのかい？」

「へへん！　僕は天才だからね！　普通のテイマーと一緒にしてもらったら困るよ？　なんてったってこいつらとのシンクロ率は百パーセントだからね！」

先ほど聞いた説明によると、テイマーとモンスターというのは互いの親密さが大事らしい。

オティスはそれをシンクロ率と呼んでいて、それが高ければ高いほど、モンスターがテイマーの高度な指示に従うのだとか。

「へー。それは凄いねぇ。あ、もうそのくらいでいいよ。ありがとう」

容器に酸液が溜まったので、オティスに十分であることを伝える。

そう言った瞬間、スライムが突如酸液を吐き出すのをやめた。

「あれ？　オティスが命令を出さなくてもやめたね？」

「ん？　ああ、心の中でもういいよって伝えたんだよ。別に僕の命令は声に出さなくてもいいんだ。でも、声に出した方がかっこいいでしょ？」

それを聞いて俺は少し笑ってしまう。

確かに、かっこいいのは重要なのかもしれない。

特にこの年代の男の子にとっては。

記憶の中の甥がそうであったことを思い出し、ほっこりした気分になる。

「ところで、その酸液を何に使うか、見ててもいい？」

「うん。いいよ。たいして面白くもないかもしれないけどね」

俺はオティスによく見えるように、いつも通り素材を細かくしたあと、水の入った別の容器に入れていく。

そこへたった今用意してもらったスライムの酸液を加え、掻き混ぜながら加熱していく。

それをオティスはじっと眺め、そして口を開いた。

「これ、何してるんだ？」

「これはね。魔法薬の元になる成分を、この素材から煮出しているのさ。普通だと凄く時間がかかる作業なんだけど、この酸液を入れるとびっくりするくらい速くなるんだ」

「成分を煮出す？　それってこの液体の中に溶かすってことだろ？　スライムに直接やらせちゃダ

メなのか？」

「どういうことだい？」

オティスは不思議そうな顔をして、真面目な口調で聞いてきた。

まるで、俺のやり方が回りくどいとでも言いたげだ。

そして凄く気になることを言っていた。

スライムに直接やらせる？

それは抽出作業をスライムが代行してくれるということだろうか。

もしそれが可能なら、酸液を定期的にもらえる以上の有用性と言える。

「うん。この草を溶かしちゃえばいいんでしょ？　それなら、このスライムに食べさせたら一発だよ」

「でもそうすると必要なものを取り出せないだろ？　それじゃあダメなんだ。溶けた液から必要な成分を取り出さなきゃいけない」

「だから、僕ならそれができるよ。言っただろ？　どんな指示だってできるって。ちょっと貸してみてよ、その草」

自信ありげなその言葉に、俺は魔法薬一つ分の素材をオティスに手渡す。

オティスはスライムに命令を細かく伝え、その草を床に置いた。

スライムが動きだし、草を体内に取り込んでいく。

そしてしばらくしたあと、空だった容器に少量の液を吐き出した。それからすぐに草も吐き出す。

「ほら。できたでしょ？」

オティスは腰に手を当て、胸をそらして自慢げだ。

俺は驚きつつも、今吐き出された液を使って抽出作業を進める。

すると、酸性抽出を使った時よりは少ないものの、確かに魔法薬の元となる成分がその液から得られた。

きちんと時間をかけるか、熱をかけるなどをすれば、期待通りの抽出も可能そうだ。

「凄い！　凄いよオティス!!　君は天才だ!!」

「え？　へ、へん！　だからそう言ってるだろ？　今更気付くなんて遅いなぁ」

オティスは人差し指で鼻の下を擦る。何故か涙目だ。

「こんなことができるなら、もっと他にも色々とできそうだ！　オティス！　スライムは何匹いるんだい!?」

「え？　今は六匹だよ」

オティスに頼んで全部のスライムを出してもらう。

そして、俺が試してみたいことを次々と伝える。

前世の記憶では、様々な形をしたガラス製の器具があった。

もしくは離れていても勝手に液体を掻き混ぜるようなものも。

それを思い出してから、いつかはそんなものが手に入ったらと考えていたが、もしかしたら、このスライムたちがその代わりをしてくれるかもしれない。

そのためには、スライムが何ができるのか調べないとな。

俺の勢いに圧倒されながらも、オティスは一つ一つの要望をきちんと理解し、それをスライムに指示していく。

それを見て、思った通りの結果が出る度に、俺は大声を出して喜んだ。

オティスも俺の喜ぶ姿を見るのが楽しいのか、それとも自分の使役するモンスターを褒められて嬉しいのか、次から次へと出す俺の要望を嫌な顔一つせず聞いて全て試してくれた。

途中でソフィアが「もう遅いから」と帰ったあとも、実験を続けた。

その結果、予想以上に満足する結果が得られることとなった。

スライムにできることは、今のところ判明したもので二つ。

素材を食べ、その成分が溶けた液をまた吐き出す。

そして、体内で取り込んだ素材を溶かしている間に勢いよく混ぜ続ける。

取り込む素材は液体でも固体でもいいらしい。

液体の場合は、それが混じり合わない液体なら、スライムの中でも混じらないことが分かった。

つまり、油を飲ませてから、そこに水に溶けているものの一部を移して、油だけ吐き出させる、なんてことも可能だ。

熱を与えることに関しては、さすがに水が沸騰するほどの熱を加えることはできなかった。

徐々に温めていったら、途中でオティスから「これ以上やると死んじゃう」と中止された。

しかしそれでも熱をまったくかけないよりは抽出の速度が上がるので、できるだけでもかけた方がいいかもしれない。

結局、魔法薬を作る工程で必要な作業は、ほとんどがスライムの中でできてしまった。

「凄いな。こんなことができるだなんて」

「へ、へへん。どうだい……僕の凄さが……分かっただ……ぐぅ」

俺の確認作業が終わって声をかけた瞬間、オティスがコテンとうつむいて寝息を立て始めた。

どうやら意識が飛んでしまったようだ。

俺の要望に応え続けていると、途中から疲れが溜まってきたのか、オティスは命令を口にしなくなった。やがて座り込んでしまったが、限界が来たみたいだ。

眠ってしまったオティスを見て、ついついやりすぎてしまったと後悔する。

外を見ると、いつの間にか日がすっかり落ちていた。

オティスはまだ子供だ。こんな遅くまで作業をするのは経験になかっただろう。

座ったまま首をもたげているオティスを横に寝かし、眠っている顔を覗く。

記憶の中の甥と同じで、凄く幸せそうな寝顔だ。

風邪を引かないように毛布をかけ、俺も眠る準備を始める。

「とんでもない拾い物をしたのかもなぁ。やっぱり、明日にでも管理局に行こう」

凄腕の探索者《シーカー》のソフィアや天才鍛冶師のカーラ。

そして、思わぬ可能性を俺に見せてくれたテイマーのオティス。

この三人に、きちんとした報酬が出せるようになるために、俺は今すぐにでも人材が必要だった。

相場を知り、そして、卑劣とも言えるゴードンの嫌がらせをどうにか抗う手段を提案してくれる人。

そんないい人に出会えることを願って、俺は眠りについた。


翌日。

俺が起きだした物音で、オティスが目を覚ました。

はじめは寝ぼけていたが、昨日の出来事を思い出したらしい。

寝落ちしてしまったことを慌てて謝っていたが、「むしろこちらが無理をさせてしまったのだから、これからもよろしく」と言うと、嬉しそうにしていた。

俺は「用事があるので、今日は自由に。明日からギルドに来てほしい」と伝え、オティスに帰ってもらった。

それから俺は、管理局へ向かう。人材の募集をするためだ。

受付に行って事情を話すと、受付嬢はこう言った。

「指定募集ですか？　ええ。確かにそちらの方が要望の人を早く紹介できる可能性が高いですね」

「そうか、よかった。じゃあダンジョンで取れる素材や武具や道具の相場と、あとはギルド運営について詳しい人が欲しいんだけど」

「随分な要求ですね……それだけできる人となると……あ！」

受付嬢は心当たりのある人物を思いついたらしいが、何故かすぐにその人の名を言わず、悩むような仕草をしている。

能力はあっても、カーラのように何か問題があるような人物なのだろうか。

「思い当たる人がいるのかい？　ひとまず、教えてくれないか。採用するかどうかは、実際に会ってから決めればいいから」

「そうですか？　えーと、アイリーンさんという方なんですが、知識については保証できます。ただ――」

「ただ？」

「ただ、今まで色々なギルドで働いて、すぐに解雇されているんです。なんでも、話すと的確に答えてくれるのに、いざ仕事を任せるとミスばかりするのだとか……」

どういうことだろうか。やはり、何かの問題を抱えてはいるようだ。

それでも話す分には問題ないのなら、今のところはそれでいい。

的確に答えるのにミスばかりするわけについては分からないが、何か理由があるのだろう。

「分かった。そこは気を付けて確認するよ。すぐに会えるかな？」

「ええ。彼女の家は、マーベラス通りの北の方にあります。管理局からの紹介だと言ってこの札を渡せば大丈夫ですから」

「ありがとう。そういえば君の名前を聞いてなかったね」

「ふふふ。受付なんて名前を気にする方はほとんどいないですからね。私はミラベルって言います。今後ともよろしくお願いしますね」

ミラベルは黄色に近い薄茶色の大きな瞳でウインクをした。

俺はお礼を言うと、アイリーンが住んでいるという家へ向かう。

アイリーンの家は、この町では珍しい緑色の屋根をしていると教えてもらったので、すぐに見つけることができた。

扉を叩くと、しばらくしてから小さく扉が開けられ、返事が返ってくる。

「どなたですか？」

顔を見せたのはエルフの女性だった。

「管理局から聞いてきたんだけど、アイリーンの家で合っているかな？」

彼女は少し訝しげな顔をしていたが、管理局の名前を聞いて安心したのか柔和な表情になる。

アイリーンは銀髪銀眼の美しい顔立ちをしている。

エルフというのは俺たち人間種に比べて長命で、しかも一定の年齢を過ぎると見た目の変化がなくなる、不老長寿の種族だ。

目の前のアイリーンも、成人は過ぎていることは分かるが、実年齢は分からない。

「ああ。そういえばまだ募集をかけていましたね……どうぞ。こんなところではなんですから、中にお入りください」

「あ、ああ。それじゃあ、失礼するよ」

エルフは見た目の歳を取らないことの他にも、総じて人間の判断基準で美男美女ばかりだというので有名だ。

身体の線が分かるぴちっとした服を着こなすアイリーンに、目のやり場が困ってしまう。

机を挟んで向かい合わせに座り、早速アイリーンから用件について質問される。

「それで、どういったご事情で私に会いに？」

「ギルドを立てたばかりで、圧倒的に知識が足りない。相場、売り方、調達の方法。ギルド運営についても。管理局にそれを伝えたら、アイリーン、君が適任だって」

家の中は整然としていて、きちんとした性格だということが分かる。

こうやって無駄話もせずに要点を切り出すのも、そういう性格ゆえだろう。

俺はそれだけで、アイリーンに好感を抱いた。

「そうですか。確かにそういう要望なら、お役に立てる知識は持ち合わせていますが……」

アイリーンはそう言いつつ、目を細めて俺を見た。

「どうだろう？　もちろんまだ作ったばかりの小さなギルドだけど、雇用条件はそんなに悪くないと思うんだ！」

俺はそう言ってアイリーンに条件を伝える。

それを聞いていくうちに、細められていたアイリーンの目が、大きく見開かれていく。

「すみません。それは本気で言っているんですか？」

「え？　あ、ああ。俺は本気だよ。色々とわけがあってね」

「しかし、先ほどの話を聞く限り、ハンスさんはかなりものを知らないと言えます。失礼ですが、それでうまくやって行ける保証は？」

至極真っ当なことを聞いてきたアイリーンに、俺はこれまでのことをできるだけ詳しく話した。

俺が作る錬成品の品質や作製速度、すでにソフィアやカーラなどの頼りになるメンバーもいることなど。

その間、アイリーンは相槌を打つくらいで、静かに俺の話を聞いてくれた。

話を聞く間、彼女は定期的に目を細めていた。どうやら何かの癖らしい。

その仕草が前世の記憶の片隅にいる誰かに似ている……そう感じつつ、俺は全てを説明し終える。

すると、アイリーンは綺麗に整った口をゆっくりと開いた。

「分かりました。特に、ハンスさんの錬成品――実物を見てみないと断言はできませんが、かなりの収入の柱になりそうですね。それで、話には出てきませんでしたが、すでに契約を持っているギルドはどのくらいあるんです？」

「う……それが……」

隠すつもりはなかったが、まだ話していない問題を指摘されて、俺は一瞬言葉に詰まる。

ゴードンのせいで、俺からものを買ってくれるギルドはない。

この問題をどうにか解決しなければ前には進めない。

まあいずれはそれも相談するつもりだったのだから、今言ってもあとから伝えても同じことだ。

俺は意を決して、ゴードンが街中のギルドに出した通達のことを伝えた。

それを聞いていたアイリーンは特に驚きもせず、口の端に笑みを浮かべた。

「そうですか。特に問題があるようには感じませんね。あくまでハンスさんの錬成品の品質がいいものなら、ですが」

「え!?　本当かい！　どうやればいいんだ？　教えてくれ!!」

「ええ。ただ、私もタダで教えるわけにはいきません。ギルドメンバーの募集が元々の用件でしたね？　どうでしょう。お試し、ということにしては」

「お試し？　どういうことだい？」

アイリーンの提案の意味が分からず、俺はオウム返しに聞いてしまう。

「ですから、試しに私はひと月ほどそちらのお世話になります。その間はもちろん真面目に勤務します。ただ、にわかにはハンスさんの言うことを信じられないのが本音です。ひと月あれば、本当か嘘か判断できるでしょう」

「要は、確認するための時間が欲しいってこと？」

「ええ。その期間分の報酬はきちんといただきますが、正式に加入するかどうかはひと月後に。もちろん私の仕事ぶりを見て、ハンスさんから断ってもらっても構いません」

「うん。それでアイリーンが納得するなら、問題ないよ。ひとまず、ひと月の間だけでも助かる！もちろん、できればずっと一緒に働きたいけど」

俺は椅子から立ち上がり、アイリーンに右手を差し出す。

アイリーンも俺の手を握り返した。

こうして暫定ではあるものの、待望の相談役ができた。

早速俺は先ほどアイリーンが言った、ゴードンの嫌がらせが問題ないという意味を聞く。

「各ギルドに出された通告は、『ハンスさんからものを買ったギルド』と取引しないというものなのでしたね？」

「うん。だからどこにも売れなくて困っているんだ」

「いいですか？　確かにこの街の多くの人は、どこかのギルドに所属している人がほとんどです。しかし、そうではない人も多くいる職業が、一つだけあります」

「なんだって？　どういうことだい？」

アイリーンの意図するところが理解できず、再び間抜けな聞き返しをしてしまう。

それを馬鹿にした様子もなく、アイリーンはきちんと説明を続けてくれた。

「ギルドに売れないなら、個人に売ればいいのです。ただ、現状ギルドに所属している人物に売った場合の影響は不明ですから、そこはやめておきます。しかし、ギルドに所属していない職業の人物に売れば問題はありません。さすがに個人とのやり取りなら、相手も把握しようがありませんから」

アイリーンの説明は、まさに目から鱗だった。

今までギルド相手の取引のために錬成品を作ってきたから、そんな簡単なことも思いつかなかったのだ。

「なるほど！　それで、ギルドに所属していない職業って、どんな職業なんだい？」

ギルドに入らずにいられる職業など、本当にあるのだろうか。

どんな職業でも、自分が作ったものを誰かに売るためは、ギルドに所属していないといけないはずだが。

俺の思考を読み取ったのか、アイリーンは説明を付け加えた回答をくれた。

「この街ではギルドに所属していない者は自分の作ったものを売ることが禁じられています。しかし例外が一つだけ。それは自分が作ったとは言い難いものによって生計を立てている者。そう、探索者《シーカー》です」

探索者《シーカー》の中には特定のギルドに所属しない、フリーの者も多い。

アイリーンの話によれば、探索者《シーカー》の収入の主なものは二つだという。

一つはギルドから受けた依頼の達成報酬、もう一つは、それ以外のダンジョンで手に入れた素材などを売ったお金だ。

ダンジョンで手に入れた素材については、ギルドに所属しているかどうかとは関係なしに売ることができるらしい。

また、ギルドで受ける依頼も需要と供給の関係で、ギルド非所属の探索者《シーカー》にも単発的に回ってくるんだとか。

探索者《シーカー》という職業の性質上仕方がないことなのだとアイリーンは教えてくれた。

それを聞いた俺は、光明を見つけた気がした。

「それじゃあ！　探索者《シーカー》向けに回復薬や魔法薬、カーラの作った武具を売るのは問題ないってことだね!?」

「ええ。ただ、まずはどうやって彼らに商品を認知させるかです。そのための手段もいくつか考えていますが……その前に、まずはハンスさんの錬成品やカーラさんの作った武具を確認させてもらうことが先ですね」

そう言うアイリーンを引き連れ、俺は明るい気持ちで自宅へと向かった。

☆☆☆

「おい。知ってっか？　最近できた【賢者の黒土】の魔法薬」

「え？　なんだそれ。ていうか、魔法薬なんでどこのやつでも一緒だろ？」

「それが違うんだって！　俺も話を聞いた時は耳を疑ったけどさ。気になって買って飲んでみたら、これがな！　美味いんだよ!!」

「は？　魔法薬が美味い？　それこそありえねぇだろ。あんなん、気付け薬代わりにもなる味だぜ」

ダンジョンに向かう探索者《シーカー》の多くが、必要な物品を揃えるための店が並ぶ大通り。

その一角に立っていた俺の目の前を、見るからに探索者《シーカー》と思える格好をした二人の男性が、そんな話をしながら通り過ぎていく。

「いや！　まじだって！　お前も一度騙《だま》されたと思って飲んでみろよ。びっくりするぜ。それに、他より少し値が張るんだが、効果も高いんだよな」

「おいおい。ほんとかよ……まぁ、一回くらいならいいかな。初級魔法薬くらいの値段なら嘘でも笑い話にできるしな」

「嘘なんかつかねぇよ。そこまで言うなら、嘘だったら俺が飯をおごってやる。でも、本当だって分かったらお前が俺におごれよ」

「お。いいねぇ。じゃあ、何食うか考えとくわ」

二人の男性は回れ右してこちらにやってきた。

どちらも自分が飯をおごってもらえると思っているのか、ニヤニヤとしている。

「まったく。もう少し早く言えよな。危うく通り過ぎるところだったじゃねぇか」

「わりぃわりぃ。まぁ、買ってみろよ」

「いらっしゃいませ。本日は何をお探しですか？」

そう言って対応したのは、俺の隣にいるアイリーンだった。

二人の会話は彼女にも聞こえていたはずだが、素知らぬ顔をしている。

まぁ、確かにここでいきなり魔法薬を勧めたら、盗み聞きしていたみたいで感じ悪いもんな。

「お！　こりゃべっぴんさんだな。へへへ。お前の言うことが嘘でも、これならここで買うのもいいかもな」

「馬鹿なこと言ってねぇで早く買えよ。約束だかんな。美味かったら、飯おごれよ」

「分かった、分かったたって。えーと、初級魔法薬を一本」

「かしこまりました。銀貨二枚になります」

値段を聞いた探求者が、少しムッとした顔をする。

それもそのはず。他で買う場合、初級魔法薬なら大体銀貨一枚と銅貨五十枚で買える。ちなみに、銅貨は百枚で銀貨一枚の価値だ。

二倍とまではいかないが、他の店より割高だ。

「なんだよ、ほんとに高いんだな。まぁ、しょうがない。ほらよ。こりゃあ、飯はいつものホロホロ鳥じゃなくて、ブルステーキにしてもらうしかないな」

「分かったよ。ブルステーキでもドラゴンの丸焼きでも好きなのおごってやる。ただし、不味かったらだかんな」

探索者《シーカー》の一人がアイリーンから初級魔法薬を受け取る。

どっちがおごることになるのか興味があったけど、それを知ることができないのは少し残念だ。

と思っていたら、探索者《シーカー》は受け取った魔法薬をその場で飲み始めた。

まだダンジョンに向かう前だから、魔力が減っているわけはないと思うのだが。

一口飲んだあと、何も言わずに身体をそらして、一滴残らず飲み干す。

しばらくの沈黙。

「嘘だろ……」

絞り出すように声が漏れる。

それを聞き取ったもう一人の探索者《シーカー》はニヤニヤしていた。

「おい！　なんだよ、これ!!」

「で、美味かったのか？　不味かったのか？」

答えはすでに分かっているとばかりに探索者《シーカー》が聞いた。

聞かれた方の探索者《シーカー》は顔を横に向け、信じられないといった表情を見せる。

「美味いよ。めちゃくちゃ美味い。これと比べたら、いつものやつは靴下みたいな味だ!!」

「だから言っただろ。よーし、約束通り今度おごれよ」

どこかで聞いたことがあるたとえを言った探索者《シーカー》の肩を、もう一人の探索者《シーカー》が盛大に叩く。

探索者《シーカー》というのは、誰しも一度は靴下を食ったことがあるのだろうか。

そうだとしたら、予想以上に過酷な職業だ。

なんて冗談を考えながら、笑顔で二人を見送る。

今みたいなやり取りは、ここ最近よく見かける光景だ。

一度使った探索者《シーカー》がリピーターになり、更に知り合いにここを教え新しい探索者《シーカー》が訪れる。

店を出した直後に比べて客は増え、更に見知った顔も増えてきた。

どうやらアイリーンが立てた作戦は大成功のようだ。

「それにしても。始め、無料で配るって聞いた時は驚いたけど、上手くいっているみたいだね」

客が途切れたタイミングをみて、隣にいるアイリーンに声をかける。

するとアイリーンは相変わらず目を細めてこちらを見て、口を開いた。

「まずはその価値を知ってもらう必要がありますからね。魔法薬の効果が高いことはすぐには気付きにくいですが、味がいいというのは誰でもすぐに気付くことです。それを知ってもらえばこっちのものですから」

「うーん。正直、美味《おい》しいっていうのが、そこまで役に立つとは思っていなかったよ」

「ダンジョンはストレスの連続ですからね。食事もろくなものはできません。その中で、もし味のいい薬があれば……更に効果も高いのなら、間違いなくそちらを選ぶでしょうね」

「うん。言われてみればそうなんだけど。俺にはそういう発想がどうもできなかったんだよなぁ。やっぱりアイリーンは凄いよ」

アイリーンが来てからすでに半月が経っていた。

彼女の提案に従い、店を出して俺が作った魔法薬をはじめとする薬を売る。すでに相当の売り上げが出ていた。

価値を知ってもらうための無料配布。

更に、相場よりも高い値段設定もアイリーンの提案だ。

その話を聞いた時、俺は率直な疑問を投げかけた。

普通、探索者《シーカー》は商品が安ければ安いほど買ってくれるんじゃないか、ということだ。

しかし、アイリーンの答えは真逆だった。

その時のやり取りを思い出す。

『価格を下げて勝負する、というのは同等もしくはそれより劣悪な品質の商品しか作れない者がやる手段です。一方、ハンスさんの作るものはどれも良品。ならば、他より高く売るのが正解でしょう』

そのあともアイリーンは詳しく説明をしてくれた。

価格を下げるというのは、自分にとっても、そして同じものを売る他の者にとってもよくない結果をもたらすのだとか。

『安く売れば確かにたくさん売れる可能性はあります。しかし、当たり前ですが、それで稼ぐにはより多くの商品を売らなければいけません』

しかし、それならばたくさん売ればいいだけなんじゃないかと、俺は聞いた。

『そうすると作り手や材料、その他色々なものが余分に必要になります。正直なところ、今のハンスさんと同等の品質を作れる錬金術師《アルケミスト》の当てはありません。作る量を増やすにもいずれ限界がきます』

言われてみれば納得の話だ。俺が何人もいるわけじゃない。

更に次の話を聞いて、俺は価格を高くすることを決めた。

それは、他の錬金術師《アルケミスト》たちへの影響だった。

『いいものを安く売ってしまえば、市場全体でのそのものの価値が下がります。相場より低い価格で魔法薬を売っては、他の錬金術師《アルケミスト》から買う人はたちまちいなくなるでしょう。するとどうなるか。相手は、より安く売らざるを得なくなります』

利用者である探索者《シーカー》にとってはいいことかもしれないが、これは生産者にとっては死活問題だ。

もし価格競争が激化すれば、耐えられなくなった錬金術師《アルケミスト》が路頭に迷うことになってしまう。

それを聞いた俺は、住み分け、という言葉を理解した。

高い金額を出してもいいものを求める者と、安さを重視して利用する者。

俺がそのバランスを大きく崩してはいけないのだ。

「さて。今日も結構売れたね。今日の売り上げは……」

「こちらに」

アイリーンから売り上げと、その詳細をまとめた書類をもらう。

それを持って俺は家へと戻った。


「やっぱり……今日も簡単なミスが多いなぁ」

俺は家に帰ると、早速アイリーンから渡された売り上げの書かれた書類に目を通した。

その内容がどうしたことか分からないが、毎回間違っているのだ。

作った薬を売りに出してから、毎日アイリーンに店番を任せていた。

売り上げが入った袋と、売り上げた内容を示した帳簿、そして今日売れた薬の種類と数を照らし合わせると、どうも合わない。

初めはうっかりミスかとも思ったが、あまりにも毎回なので、ある時期から俺は今日みたいに彼女と一緒に店に立つようにした。

こんなことは疑いたくなかったが、アイリーンが何かよからぬことをしていないか確認するためだった。

結果は、白だった。

愛嬌《あいきょう》があるとは到底言えないがアイリーンの対応は丁寧だったし、売り上げを盗んだり薬を横流ししたりしているようなこともなかった。

ところがそれでも毎日ミスは起こっていた。

特に気になったのは、メモから帳簿に書き写す際の書き間違えだ。

文字を見間違えたとしか思えないミスが頻繁にあった。

このままではまったく役に立たないくらいだ。

しかし、アイリーンの性格からして、そういうミスを繰り返すとはなかなか想像しにくい。

少し時間がかかってしまったが、俺は前世の記憶に存在したとある人のことを思い出したことで、彼女のミスの原因に思い当たった。

そして同時に、ミスの解決策も見つかった。

ちょうど今日、その解決策——カーラに頼んでいたあるものが出来上がった。

なかなか大変だったらしいが、いつもと違った仕事で楽しいと言ってくれたので性能は大丈夫だろう。

細かい調整が必要かもしれないが、ひとまずこれをアイリーンに渡して、どんな結果が得られるかを確認してみよう。

そう思いながら、俺は次の日を心待ちにして眠りについた。

明くる日、いつものようにアイリーンはギルドの拠点として使っている俺の家を訪ねてきた。

「おはようございます。ハンスさん。今日も店に一緒に行かれますか？　それとも私一人で？」

「ああ。そのことなんだけど。アイリーン。ちょっと君に話したいことがあるんだ」

俺は今までの帳簿の束《たば》を持ちながら、アイリーンに返事をする。

手に持つものが何か気付いたのか、彼女は端整な顔を悲しそうに歪《ゆが》ませた。

「また……ミスがあったんですね……すいません。気を付けてはいるんですが……」

「うん。管理局から一応そのことは最初に聞いていたけど、こんなにミスが多いとさすがに今のまま君に任せるわけにはいかない。分かるね？」

「ええ……仕方ありません。まだ半月くらいですが、残りの契約を打ち切りますか？」

「いや。待ってくれ。ミスはミスだけど、だからと言って君に辞めてくれと言いたいわけじゃないんだ」

じゃあどういうわけか、とでも聞きたげな顔で、アイリーンは俺を見つめる。

彼女に向かって、俺は以前から思っていたことを素直に伝えた。

「アイリーン。君は、近くのものがよく見えてないんじゃないのか？」

「何故それを!?」

俺に指摘され、アイリーンは珍しくうろたえた顔を見せる。

俺は構わず話を続けた。

「昔の知り合いにね、同じような人がいたんだよ。アイリーンがよくやっているみたいに、ずっと目を細めてものを見つめていた人がね」

その人は前世の俺の上司で、眼鏡をかけることを頑《かたく》なに拒《こば》み、いつも難しそうな顔をしていた。

誰かに指摘される度に「俺はまだそんな歳じゃねぇ！」と怒っていたのを思い出す。

「そうですか……その人もさぞ苦労されているんでしょうね。私の場合は生まれつきですが、ものをうまく見られない呪いにかかっているのです。眼鏡も試してみましたが、どれも効果はありませんでした」

アイリーンは両手で自分を抱くような格好をしてうつむく。

確かにこの世界にも眼鏡はあるが、俺の推測では、一般的に使われる眼鏡ではアイリーンの問題を解決するのは無理だろう。

「すみません、この呪いのことを隠したままで……今までも、この呪いのせいで何度もギルドからお払い箱にされて……でも！　知識には自信があるんです！　どうにか……どうにかここに置いてもらうことはできませんか？」

アイリーンが言いだした契約期間はあと半月ほど残っている。

予定ではそれが終わってから、双方の継続の意思があるか確認する……つまり正式にメンバーになるかどうかを決めるはずだ。

しかしアイリーンはすでにこのギルドに加入したいと思ってくれているようだ。

ありがたいことだと言える。

「話なら！　目を使うこと以外なら自信があるんです！　カーラさんの武具だって、うまく売ってみせます！」

「先に聞くけど、アイリーンはこのギルドに入りたいともう思ってくれているみたいだね。それはどうして？」

「それは……このギルドの未来を一緒に見ていきたいからです……きっと、このギルドは近いうちにもっと大きくなります。私がいれば、更に大きくだって！　すいません……こんなにミスする私が何をって感じですよね」

「いや、いいんだ。ただね、やっぱりこのままにしておくわけにはいかないでしょ？」

俺の言葉をどう受けとったのか、アイリーンは悲しそうな表情をさらに強める。

まるで、今にも泣きだしそうだ。

俺は慌てて用意しておいた品物を懐から取り出すと、アイリーンに手渡した。

「だからね。はい、これ。かけてみてよ。きっと見えやすくなるはずだから」

それを受け取った彼女は困惑の表情を見せる。

俺が渡したのは、カーラ特製の眼鏡だった。

「あの……お気持ちは嬉しいんですが、先ほども言ったように眼鏡をかけても見え方は……!?」

渋々といった感じで、受け取った眼鏡をアイリーンがかける。

途端に細めていた彼女の目が大きく開かれた。

「見えます！　はっきりと‼　ああ！　こんなに鮮明に‼　どんな魔法をかけてあるんですか⁉　この眼鏡に‼」

「えーっと、魔法なんかじゃないんだけど。とりあえず見えるようになったみたいで、何よりだよ」

カーラに聞いたが、この世界の眼鏡というのは、目の使いすぎで遠くのものが見えなくなった人が使うものらしい。

前世の俺がいた世界――日本では、それを【近視】と呼ぶ。

日本では多くの人が近視で、眼鏡や、目に直接はめる特殊な器具を付けている。

ところがアイリーンは、近視とは逆の目の問題を抱えていたと俺は考えていた。

彼女は目の問題を解決するために眼鏡を試したと言っていた。

当然だ。こっちの世界にも近視を矯正する眼鏡は存在するのだから。

しかし彼女は、それでは改善できなかったと言う。

実は、この世界の眼鏡では彼女の問題は解決しないというのは聞かずとも分かっていた。

彼女は呪いだと言っていたが、そんなことはない。

もしかしたらそんな呪いをかけることも可能かもしれないが、どうせかけるなら失明させたりした方が手っ取り早そうだ。

ともかく、今回のアイリーン用の眼鏡を思い付いたのは、前世の記憶のおかげだった。

遠くではなく、近くのものが見えにくくなる現象。日本では【老眼】と言う。

アイリーンは生まれつきだというので【遠視】と呼ばれるものだと思うが、原理は一緒なのだろうと推察した。

そこでカーラに作ってもらったのが、【凸《とつ》レンズ】というものだ。

これを使った眼鏡をかければ、アイリーンのような人の視力を矯正することができる。

どうやら結果は大成功、彼女の表情と先ほどの言葉がそれを物語っている。

「もしまだ見えにくかったら微調整が必要なんだけど、どうかな？」

「問題ありません！　視界がとても鮮明で！　ああ!!　ものを近付けて見てもはっきり見えます!!」

見え方については本人に聞くしかないが、アイリーンがこう言っているのだから問題ないだろう。

そこでふと、俺は先ほどのアイリーンの言葉を思い出す。

「よかったよ。それで。実は僕は予定の期間を待たなくても、正式にアイリーンをギルドに迎えたいと思っているんだ。君はどうかな？」

「本当ですか!?　もちろんです！　私の呪いを解いてくれたハンスさん……いえ、マスターに一生ついていきます!!」

「嬉しいよ。改めてよろしくね。アイリーン」

「はい！　マスター‼」


それから一か月後。

先日渡した眼鏡のおかげで無事にアイリーンの視力の問題は解決し、あれだけ続いたミスもピタリと止まった。

もしもの時のためにスペアをあとから贈った時は、とても感謝された。

二度目は試しにカーラに微調整をしてもらいながらレンズを削ったので、実際は先に渡した方がスペアになったみたいだ。

アイリーンは眼鏡を作ってくれたカーラにも、何度もお礼を言っていた。

カーラはくすぐったそうな顔をして、難しいものほど作るのが楽しいから気にするなと答えた。

あとからソフィアに聞いた話では、エルフとドワーフというのは元々種族仲がよくないらしい。

二人は種族の垣根を越えて打ち解けてよかったと思う。

「カーラさんの作った武具の販売は任せてください。元々腕がある上に、マスターの精錬した金属を使っているんですから。売れない方がおかしいです」

アイリーンの提案に従い、俺の作った薬に続きカーラの武具も探索者《シーカー》に売る。

話題作りで初めの顧客を呼び寄せ、更に人伝で新たな顧客を集めていった。

アイリーンいわく、人の噂ほど影響力の高いものはないんだとか。

特にギルドに所属していない探索者《シーカー》は、自由に生きているようで実利主義者が多い。

自分の身を守るための一番の道具である武具については、値が張ってもいいものを使いたいと思う者ばかりだ。

カーラの作る武具は瞬《また》く間に評判になり、今では予約待ちが生まれるほどになっていた。

当の本人はというと。

「また追加注文だって？　そんなこと言ったってできるもんは一本ずつだよ！　あたしの身体は一つしかないんだからね！」

そう言いながら炉から取り出したばかりのカネを打ち付ける。

ここは、俺の家の隣に新しく建てたカーラの工房の中だ。

以前お試しでソフィアの剣を作ってもらった時には、俺が炉の代わりをしたが、さすがに毎回は無理な話だ。

カーラと相談し、色々と都合がいいということで自宅の隣に工房を建てたのだ。

工房を建てる資金は、俺の作った薬の売り上げから出している。

カーラの武具同様、薬の方も売り上げは好調で、元々のメンバーだけではとても手が足りず、売り子などのメンバーを募集するほどだった。

もちろん新しく入ってきたメンバーの待遇も、元いたメンバーと同じだ。

採用された人たちは、その待遇を聞いてとても驚いていたっけ。

「ハンスー。スライムたち、作業終わってるみたいだよ。次の仕込みしなくていいのー？」

「ああ。オティス。ありがとう。すぐ行くよ」

オティスに呼ばれて、俺は先ほど薬作りを仕込んだスライムたちの元へと向かう。

そこには数多くの大小様々なスライムたちが、色々な素材を体内に取り込んでは、薬の錬成に必要な作業をしていた。

「それにしても、随分増えたなぁ」

「へへん。これも、天才テイマーの僕のおかげだからね」

オティスが言うように、彼がテイムしたスライムたちはとても重宝していた。

てっきりテイムの数には限りがあるのかと思っていたが、スライムに関してはそんなことはないらしい。

難しいことはよく分からないが、スライムというのは、一匹一匹同士が集まって一つの個体になったり、その逆に離れたりも自由自在だという。

つまり、ここに無数にいるスライムは、一匹のスライムだとも言えるのだとか。

そんな話をされたことを思い出しながら、俺はオティスに聞いてみた。

「ここのスライムっていろんな種類がいるだろ？　こいつらが混ざった時はどうなるんだい？」

「そりゃあもちろん、みんなが全部の能力を手に入れられるのさ。いいかい？　作業が終わってるみんなは一度集まれ！」

オティスの合図に、何匹かのスライムたちが一箇所に集まっていく。

そして、その液体のような身体を重ねると、より巨大な一匹のスライムになった。その色合いは確かに、全部のスライムが一つになったみたいになっている。

俺はその様子を興味深く眺めながら、先日スライムが進化したことを思い出していた。

薬の錬成を手伝ってもらっているうちに、スライムは徐々に変化していった。

初めに気付いたのは、回復薬を錬成させていたスライムが、ヒーラースライムという珍しい種類に変わったことだった。

と言っても、俺は突然色が変わったくらいとしか認識しなかったのだが。

何か悪い病気じゃないかと思って慌ててオティスにそれを伝えたことで、スライムが進化したことを知ったのだ。

他にも毎回熱をかけていたスライムは、徐々に耐熱性が上がっていき、やがて自分で熱を発生させるようになり、色も赤色になった。ヒートスライムというらしい。

面白くなって、オティスに許可をもらってから、色々なことを試して進化させている最中だ。

すでにアシッドスライム、ベーススライムは確認済み。

アシッドスライムはダンジョンにも生息するモンスターだが、ベーススライムの名付け親は俺。

オティスを含め、まだ誰も見たことも聞いたこともないスライムの種類らしい。アシッドスライムが酸液を吐くのに対して、ベーススライムは塩基性の液を出す。

しかし、この二匹ができたおかげで、更に高品質の薬を錬成できるようになっていた。

「ただいまー。ハンス。今日の分だ。確認してくれ」

凄腕の探索者《シーカー》のソフィアがダンジョン探索から戻ってきた。

腰に着けたトキシラズを編んで作った鞄の中から、次々とダンジョンで採取した素材を取り出す。

「やぁ、ソフィア。おかえり。これは、今日も随分とたくさん取ってきたね」

すでにソフィアは一人でも第六階層まで問題なく探索できるようになっていた。

階層が下がれば下がるほどモンスターは強くなるものの、希少で価値の高い素材が手に入りやすい。

「ありがとう。アイリーンが帰ってきたら、確認してもらうから。報酬は明日渡すね」

「ああ。それじゃあ、私は悪いが今日は帰らせてもらう。私用があってな」

そう言ってソフィアは早々に帰っていく。

俺は、アイリーンの帰りを待っていた。

ソフィアを見送ってからしばらくして、扉を叩く音が聞こえた。

アイリーンは帰ってきても扉なんか叩かないので、不思議に思いながら扉を開ける。

「はい。どちら様？」

扉の前には、一人の若い女性が立っていた。

若いと言ってもそれは見た目だけで、種族の特徴を考えれば年齢は分からない。

燃え盛る炎のような真っ赤でまっすぐな髪をしたそのエルフの女性は、髪よりもなお紅い瞳で俺を射抜くように見つめ、口を開いた。

「ここは【賢者の黒土】で間違いないね？　ギルド長と話がしたい」

「うん。ここは【賢者の黒土】で間違いないよ。それと、ギルド長は俺だけど」

突然の来訪者に、俺は少し驚きながらもそう答える。

すると、赤髪の女性はすっと目を細めた。

眼鏡をかける前のアイリーンとは違う、相手を値踏みするような目つきだった。

酷く居心地が悪かったが、どういうわけか、彼女から目を離すことができないでいた。

「ふーん。あんたがねぇ……それにしても客が来てんだよ。いつまでこんなところに立たせたままにしておく気だい？」

「あ、すいません。どうぞ中へ」

女性の指摘で、俺は慌てて中へと案内する。

向かい合わせに席に着くと、女性は口を開く。

「これでも忙しい身でね。単刀直入に言わせてもらう。上級の魔法薬と回復薬をそれぞれ百本用意してほしい。できるかどうか、いつまでにできるか教えておくれ」

先ほどから射るように俺を見て話す女性の顔を、こちらも見返す。

人を見る目に自信があるわけじゃないが、間違いなくかなりの立場にいる人物だろう。

しかしそんなことは今は関係ないことなので、俺はこれから作る薬の予定を思い出しながら、計算を頭の中で行う。

今ある素材だけでは足りないから、ソフィアにまた取ってきてもらわないといけないことも試算に入れる。

「そうだね……一週間ほど時間をもらえるかな？」

「そんなに待てないよ。受けるのか、受けないのか。いますぐ決めておくれ」

俺の返答に、女性はあからさまに不機嫌そうな顔でそう答えた。

どうやらこちらが言った意味を、間違って理解したようだ。

「いや。返事をするのに一週間欲しいのではなく、その薬を用意するのに一週間欲しいということだよ。依頼はもちろん受けるさ。期限さえ問題なければね」

「なんだって……？」

今度は明らかに驚いた顔を見せたあと、大声で笑い始めた。

同じ種族のアイリーンと対照的に、表情豊かな人のようだ。

「あーはっは！　いーひっひ！　冗談じゃないんだね？　これだけの薬を用意するのに、たったの一週間。あんた、在庫がいくらあるか知らないけど、当分店の方を閉めるつもりかい？」

「え？　いや、最近は売れ行きが好調で在庫はほとんどないんだ。それに、あなたの注文とは別に、店の分は作るから閉めないよ？」

そう言うと、女性は威圧するような表情で俺を睨む。

そのあとすぐに憐《あわ》れむような表情に変わった。

「あんたがいくつか知らないが、ギルド長を名乗るなら、もう少し思慮深くなくちゃいけないよ？　見栄を張る時とそうじゃない時くらいの区別は付けることだ。二週間やるよ。それまでに用意しな」

「あ、ああ。二週間だね。問題ない。ところで言い忘れたんだけど……」

俺は大事なことを失念していた。

ゴードンの嫌がらせだ。

上級薬を百本ずつなんて、個人で買うには多すぎる。

間違いなくギルドとして買うのだろう。

そうすると、この女性のギルドは【白龍の風】と取引ができなくなってしまう。

もし知らないなら教えなければ、あまりに不親切だろう。

「なんだい？　あんたはやると言ったんだ。今さら泣き言なんか聞きたくないよ？」

「いや。そうじゃなくて。【白龍の風】っていうギルドは知っているかい？　実は――」

俺は女性にゴードンの嫌がらせを伝える。

しかしそれを聞いた彼女はにやにやと笑っていた。

「ああ、なんだい。そのことかい。そんなことは知ってるよ。それに安心しな。今回は私個人が買うんだ。それなら問題ないだろう？」

「え⁉　この量を一人で⁉」

「文句でもあるのかい？　あんたは売る側。買った私がどう使おうったって、関係ないはずだよ」

「ああ。確かにそうだね」

とりあえず二週間後に上級の魔法薬と回復薬を百本ずつだ。

何故だか知らないが、期限が二倍に延びたおかげでかなり余裕をもって用意できるだろう。

「あ。そういえば、出来上がったらどうすれば？　ここまで取りに来るのかい？　っと、そういえば名前を聞いてなかったね。俺はハンス。あなたは？」

「ああ。私はマーベルって言うんだ。自慢じゃないがちょっとは有名でね。私を知っているかい？」

なんだか嬉しそうにこちらを見てそう言うマーベルを見つめながら、俺はちょっと考える。

記憶を隈《くま》なく探したけれど、聞いたことのない名前だった。

そもそも、俺は世間知らずなのを自覚している。

マーベルがいくら有名でも、知らなくても仕方がない。

「ごめん。知らないよ」

「あーっはっは！　だろうねぇ。それでもあんたはこの依頼を受けたってわけだ。いいねぇ。ああそうだ。出来上がったら、ちょうど二週間後に、ここに届けておくれ。料金は先に払っておくから」

「え!? いや。お金は商品を渡す時でいいよ」

「遠慮するんじゃないよ。これはね、一種の先行投資なのさ。私が払うって言ってんだ。文句言わないで受け取りな」

そう言われるとこれ以上断るのも悪い気がしてきた。

俺が価格を伝えると、マーベルは懐から白く輝く硬貨を五枚取り出す。

上級魔法薬と上級回復薬はそれぞれ一本で金貨二枚と銀貨五十枚。

相場の倍近い値段だ。

それを百本ずつなので金貨五百枚、つまり白金貨五枚だ。

そんな大金を個人がポンと出すのだから、確かにマーベルはひと角の人物なのだろう。

金を受け取り、念のためと契約書を作り渡す。

書面を作るのは初めてだが、少し前にアイリーンに書き方を教わっていて助かった。

「それじゃあ、二週間後を楽しみにしてるよ。あぁ無理でもその金はあんたにやるよ。ただし、金輪際関わることはないだろうがね」

「大丈夫だよ。間違いなく作って届けるから」

俺の返事にマーベルは一度口角を上げ、この家をあとにして行った。

いきなりの訪問と注文にびっくりしたが、俺は途中になっていたソフィアが取ってきた素材の整理を始めることにした。


「すみません。遅くなりました」

しばらくして、アイリーンが扉を開け入ってくる。

そして机に置いたままになっていた契約書を不思議そうに覗いた。

「どなたかいらっしゃったんですか？　マスター。この契約書は……!!」

「うん。ずいぶんな量の注文を一人でしていってね。もう料金も先にもらっているんだ。って、どうしたの？」

「この相手の名前……マーベル。マーベル・ユグドラって、間違いないんですか!?」

「うん。本人が書いたんだから間違いないんじゃないかな？　ああ、マーベルは自分で有名だって言っていたけど、アイリーンは彼女のこと知っているの？」

能天気に聞く俺に、アイリーンは何故か沈痛な面持ちで見返してきた。

ずれた眼鏡を片手で上げ、おもむろに説明を始める。

「いいですか？　マーベル・ユグドラ。この街でその名前を知らない方が珍しいと思います。つまり、マスターは珍しい方の人間です」

「いやぁ。それほどでも……」

「褒めてませんよ！　マーベルは、かの有名な探索者《シーカー》専門ギルド【赤龍の牙】のギルド長ですよ!?」

「あ、やっぱりあの人、ギルドに入っていたんだ。大丈夫かなぁ。俺から買って」

【赤龍の牙】というのは初めて聞くけど、アイリーンの雰囲気だとかなり凄いギルドみたいだ。

そんなギルドが【白龍の風】と取引していないはずはないと思うのだが。

それでもそのことを伝えたら、ちゃんと分かっていると言っていたし、もしかしたら本当に個人で買えば問題ないのかもしれない。

もしそうならもっといろんな人に売れるかもしれないから、嬉しいところだ。

「大丈夫なわけないでしょう！　【赤龍の牙】と【白龍の風】の関係性を知らないんですか？　持ちつ持たれつ。正直、【白龍の風】がここまで大きくなれたのも、【赤龍の牙】のおかげが大きいんですから。逆もまた然りですけど」

「へぇ。じゃあ、大変じゃないか。マーベルに思い直すよう急いで伝えないと！」

「待ってくださいってば。マーベルは凄く頭が切れることで有名です。事情を知っているのは当然として、なんの考えもなしにわざわざ自分でここに来るとは思えません。とりあえず、この契約内容は可能なんですね？」

「ああ！　俺は一週間で大丈夫って言ったんだけどね？　何故だか二週間くれるって言うから。あ！　そうだ！　せっかくだから、少し試したいことを試してみようか！」

マーベルに言った通り一週間もあれば必要な分は用意できる。

残った一週間で、前から考えていたことを試してみよう。

成功すればそれを渡せばいいし、失敗しても先に作ったものを渡せばいい。

問題は色々と試すために素材がたくさん必要なことだけど、幸いにも先払いしてもらったので資金は潤沢《じゅんたく》にある。

これからする実験について思いを馳《は》せて笑顔を抑えられない俺を、何故かアイリーンは呆れた顔で見つめていた。

☆☆☆

――ところ変わって【白龍の風】ギルド本部。

「なんだと!? そんなバカな話があるか！ マーベルは本当にそう言ったのか!?」

「は、はぁ。使いの方が先ほど来まして。以前注文した上級魔法薬と上級回復薬、それぞれ百本の納期を早めてほしいと……」

「その納期が、これから二週間後だと!? そんなこと不可能に決まっているだろう！ まさか、受けたんじゃないだろうな!?」

「え、ええ。さすがに私の一存では、と申し伝えました。しかし、もしできなければ、今後の取引について考えるとおっしゃっていまして……」

ゴードンはこめかみに青筋を作り、今にも爆発しそうな顔で唸《うな》っていた。

確かに無茶な注文だが、ハンスがいた時には似たような依頼を受けていたのだ。

マーベルもそれを分かった上で無理を言ってきているのだろう。

それが理解できるゴードンは、簡単に断るわけにもいかないことは重々承知していた。

ましてや、意図は分からないが今後の取引についてまで明言しているのだ。

なにやら重要な案件であるのは疑いようがない。

「新しく雇った錬金術師《アルケミスト》を至急集めろ！　今すぐにだ！　徹夜でもなんでもさせて、なんとか間に合うようにしろ！　この際、臨時で雇っても構わん!!」

「は、はい！　あの……それで。ギルド長はどちらへ？」

「俺は出かけてくる！　誰も付き添いはいらん！　俺一人でだ！　いいな!!」

「は、はぁ。いってらっしゃいませ」

部下が不思議そうな顔で見送る中、ゴードンは急ぎ足である場所へ向かった。

これまで何度もマーベルの、いや、ゴードンの無理難題を成し遂げてきた男の元へ。

☆☆☆

ALPHAPOLIS
WEB CITY SINCE 2000
ALPHAPOLIS
アルファポリス
LN_Ver.2
アルファポリスの人気作品を一挙紹介!

アイリーンも帰ったあと、俺は明日の準備を続けていた。

マーベルに提供する薬の下準備だ。

ところで、オティスがテイムしたスライムたちなのだが、実はここ最近ずっとこの家にいる。

オティスがスライムたちに指示をして、この家に留まらせているという状況だ。

残念ながら俺からスライムに指示は出せない。

しかしすでにオティスからそれぞれが決まった役目を命じられているので、たとえば俺が素材を前に置くと、命令通りの作業を自動でやってくれる。

これがなかなか便利で、寝る前に仕込んでおけば、朝にはその作業がまるまる終わっているのだ。

細かい作業は一緒に作業をしなければいけないが、抽出作業などはこれで終わらせることができる。

「それにしてもお前ら。ずいぶんいろんな色ができたな。それに、色もどんどん濃くなっているし。って、ほとんど俺のせいだけど」

スライムは特定の刺激を与え続けると、それに応じて進化する。

更に、進化したあとも繰り返し同じ刺激を与えることで更に強化されていく。

回復薬の抽出ばかり行っていたヒールスライムはかなり高位の回復魔法を唱えられるようになっているし、アシッドスライムは岩すら溶かす強力な酸を吐き出せるようになっていた。

いや、ここにいる間に怪我なんてする人はいないし、間違ってそんな強力な酸を吐き出されても家の中だから困るんだけど。

「さーて。今日もよろしく頼むよ」

そう言って、俺は各スライムの前に素材を置いていく。

これで明日起きる頃には大体の作業が終わっているはずだ。

そろそろ寝ようかとしている時に、扉を乱暴に叩く音が聞こえてきた。

今日はずいぶんと来訪者が多い日だ。

そんなことを思いながら扉を開ける。

外に立つ人物が誰であるか気付いた瞬間、俺は無意識に扉を閉めようとした。

しかし相手は素早く扉の隙間に靴を差し込み、閉じられないようにしてくる。

「おいおい。あんなに世話した俺がわざわざ訪ねてやったのに、何も言わずに閉めるとは何事だ？」

「ゴードン！　なんのためにこんなところに来た！　帰ってくれ！　お前の顔なんか二度と見たくない！」

かつて俺をいいように使い込み、更には様々なことで私服を肥やした【白龍の風】のギルド長、ゴードンがそこにいた。

俺は憤りながらも、観念して扉をゆっくりと開ける。

ゴードンは太った身体を重たそうに動かしながら、勝手に家の中に入ってきた。

そしてまるで値踏みするように家の隅々に目をやる。

「ふん。殺風景な家だな。そもそもここはお前の住んでいる場所だろう。それをギルドの拠点にしているとは可哀想なことだ」

「もう一度聞く。なんの用だ、ゴードン。用件があるならさっさと言ってくれ」

確かにここは俺の家で、いつまでもギルドの本拠地として使うつもりはない。

アイリーンや他のみんなのおかげで、そこそこ蓄えもできてきた。

更には今回のマーベルによる前払いだ。

そろそろきちんとした場所に拠点を移設してもいいかもしれない。

「ふん。ずいぶん偉そうな口を利《き》くようになったじゃないか。え？　ハンス。まぁしかし、お前もろくに錬成品を売れなくて困っているんだろう？　言わなくても分かる。俺はなんでも分かるんだよ」

「しらばっくれやがって。お前がそういう通達を出したせいだろうが！」

「俺は知らんよ。誰に何を言われたか知らんが、俺が知らんと言えば知らん。そんなことよりだ。お前にいい話を持ってきた。勝手に出ていったことは水に流してやる。今からでも遅くない。戻ってこいハンス。お前を使ってやれるのは俺だけだ」

恩着せがましくそう言ってきたゴードンの言葉を聞いて、俺は目眩で倒れそうになってしまった。

戻ってこいだって？　今からでも遅くない？　冗談じゃない！

むしろゴードンから離れるのが遅すぎたくらいだ。

今更戻れと言われたって誰が戻るかあんなところ！

あまりのことに俺が声も出せずにいると、何を勘違いしたのかゴードンは身体についた脂肪をゆすりながら俺に迫ってきた。

「戻りたい。そうだろう？　分かっているんだ。俺はお前のことは一番よく分かっている。さぁ、意地を張らなくていいんだ。今ここで頷けば全て水に流してやると言っているんだ。さぁ！」

「帰ってくれ」

「は？　なんて言ったんだ？　俺の聞き間違いか？」

「帰れと言ったんだゴードン!!　俺はもうお前の元に戻るつもりはない!!」

俺は出せる限りの声を張り上げ、ゴードンに自分の意思を伝える。

やっと何を言われたか理解したのか、ゴードンは赤を通り越し、どす黒く顔を染め、憤怒の表情で俺を睨みつけてくる。

「これが最後だぞ、ハンス。よーく考えろ。お前と俺。どちらがこの街で力があるか、馬鹿でも分かる。今断れば、全力でお前を潰すぞ」

「ああ！　やれるものならやってみろ！　こっちには優秀な仲間がいるんだ！」

俺の言葉を聞いて、途端にゴードンは憎々しい笑みを浮かべる。

顎を手で擦《さす》りながら、馬鹿にしたような声で言い返してきた。

「優秀な仲間。ソフィアのことか？　馬鹿な奴め。あんな小娘一人で何ができる？　お前も、ソフィアも育ててやった恩を仇《あだ》で返しおって。もういい！　お前ら、この街で無事に暮らせると思うなよ！」

そう言うと、ゴードンはその太った身体を揺らしながら、外へと消えていった。

ゴードンに向かってあんな態度を取れた自分にびっくりして、俺は小刻みに震えていた。

歓喜の震えだった。

実を言うと、ゴードンのことは心の隅に棘《とげ》が刺さったように、ずっと気になっていた。

勢いで辞めたあとすぐに、もし今みたいにゴードンが来ていたら、断りきれず戻っていたに違いない。

ソフィアやカーラ、そしてオティスがギルドメンバーになってくれ、そしてアイリーンのおかげで収入をきちんと得ることができるようにもなった。

これが俺に自信を与えてくれた。

まだ一人では無理だけど、他のみんなとならやっていけるという、確信に満ちた自信だ。

先ほどのやり取りのおかげで、今度こそゴードンの呪縛を完全に断《た》ち切れたと思う。

ゴードンが何を仕掛けてくるかは不明だが、一つ分かったことがある。

先ほどの話を考えれば、ゴードンは俺の現状をきちんと理解していないようだ。

自分の仕込んだ嫌がらせのせいで、俺は困っていると信じている。

本人から聞いたためか、ソフィアがギルドメンバーになったことは知っているようだが、他のメンバーについても何も知らないようだ。

俺は他のメンバーのことを馬鹿正直に教えはしなかった。

以前の俺なら口を滑らせていたかもしれないが、アイリーンの日々のアドバイスが、功を奏した形だ。

敵対する相手に無駄に情報を与えるな。

言われてみれば当然のことだが、意識をしていないと意外と難しい。

更に言えば、さっきアイリーンから聞いた【赤龍の牙】と【白龍の風】の関係性。

もし俺が間違ってゴードンにマーベルから大量の発注を受けているなどと言ってしまえば、妨害を受けていたかもしれない。

そんなことをさせる気はない。

マーベルがどういうつもりで俺に依頼をしてきたのか分からないが、客は客なのだ。

誠心誠意、きちんとした品を納期までに納めるのが俺の役目だろう。

そう思うと、俄然《がぜん》やる気が出てきた。

予定では先に普通のやり方で薬を作ってからにするつもりだったが、初めから思いつきを試してみることにしよう。

明日からの実験の日々を楽しみにしながら、俺は眠りについた。

「よく来たね。それで、ものはどこにある？　まさかあれだけ言っておいて間に合いませんでした、なんて言うつもりじゃないだろうねぇ？」

ゴードンとのやり取りがあった日から数えてちょうど二週間後。

つまり、マーベルの指定した納期の日に、俺は指示された家に来ていた。

迎えたのはマーベルと、白い顎髭を生やした壮年の男だった。

男はいかにも魔術師だといったローブ姿で、顎髭と同じく真っ白な髪の上にはとんがり帽子を被っていた。

「もちろん間に合ったさ。ただ、色々と試していたせいで、結局今回の品を作り上げたのは昨日の朝だったけどね」

「ふん、まぁいい。口じゃなくものを見せな……ああ。この男が気になるかい？　こいつの名前はヘキウス。悪い奴じゃない。品質を確認するために呼んだのさ」

マーベルの紹介にヘキウスは仰々《ぎょうぎょう》しく腰を折って挨拶をする。

深々と頭を下げても、頭に乗せたとんがり帽子は落ちる気配はない。

「どこに出せばいい？　合わせて二百本ともなればかなりの量なんだが」

「ん？　ああ。そこの箱に順に入れておくれ。入り切らなかったものはそのまま床でいい」

マーベルの指差した先に、木でできた空箱がいくつも置いてあった。

大きさから見て、一つの箱にちょうど五十本入りそうだ。

俺は腰に付けた鞄から無言で注文の品である上級魔法薬と上級回復薬を取り出し、箱に入れていく。

全部入れ終わったあと、声をかけようとしたら、先ほど俺が入ってきた扉が開き、一人の男が入ってきた。

俺はその人物が誰かすぐに気付き、声も出せないほど驚いてしまった。

「はぁ、はぁ！　ま、間に合ったぞ！　マーベル！　約束の品を持ってきた！　おい！　早くしろ！　マーベルは待たされるのが大っ嫌いなんだぞ!!」

「は、はい！　ただいま!!」

息を切らしたゴードンのあとから、もう一人痩《や》せ細った男が入ってくる。

この男も見たことがある顔……確か【白龍の風】のメンバーだ。名前は知らない。

「おやおや。てっきり間に合わないと思っていたんだけどね。これで、一応二人とも予定通り間に合いはしたわけだ。ひとまずここまでは互角ってことだね」

「ふ、ふぅ。二人ともだと？　……なっ！　ハンス！　何故お前がこんなところにいる!?」

ゴードンはこちらを見て狼狽《ろうばい》していた。

一方、マーベルは冷ややかな視線をゴードンに投げかける。

「まったく。そんなオークみたいな身体してるからちょっと走ったくらいで息を切らすんだよ。お前のところからここまで目と鼻の先じゃないか。まぁいい。さっさとお前も品を出しな」

「ハンス！　話はあとだ……おい！　何をしている！　さっさと薬を出さんか！　この無能が!!」

何が起こっているのか理解できずにいる俺の前で、ゴードンになじられた男が、せっせと薬の入った瓶《びん》を取り出し箱へ詰めていく。

それを見て更に俺は驚いてしまった。

それは俺が先ほど詰めたものと同じ。

百本ずつの上級魔法薬と上級回復薬だった。

「さて。二人とも全部出したね。用は済んだんだ。帰っていいよ」

最後の一本をゴードンの部下が取り出し箱に詰めたあと、マーベルはそう言った。

何故俺以外に【白龍の風】にもまったく同じものを頼んだのか疑問に思ったが、俺は言われたままにその場をあとにしようとする。

だが、ゴードンはマーベルに食い下がった。

「ふざけるな！　マーベル!!　一体どういうつもりだ!?　この男！　ハンスのことを知らんわけではあるまい？　しかも！　そこにあるのはなんだ？　返答次第では――!?」

「ごちゃごちゃうるさい男だねぇ」

突然ゴードンの目の前に小さな炎が現れ、前髪を焼いた。

焦《こ》げた匂いが立ち込め、熱さのためか、ゴードンは慌てた様子で変な動きをする。

「分かったよ。あんたらやっぱりここにいな。今からやることを教えてあげるよ。ヘキウス！

さっさと始めるよ!!」

「承知した。マスター」

マーベルのことをマスターと呼ぶということは、ヘキウスは【赤龍の牙】のメンバーのようだ。

ヘキウスはおもむろに箱から魔法薬の入った瓶を一本取り出すと、蓋を開け、匂いを嗅ぎ始めた。

「ヘキウスにはちょっと変わった特技があってね。薬マニアって言うのかい？　これまで数え切れないくらい薬を飲んできたおかげで、その薬の良し悪《あ》しがはっきりと分かるんだよ」

ヘキウスは無言で匂いを嗅ぎ続ける。手に持っているのはゴードンが用意した瓶だ。

「これは……やはり、よくないな。【白龍の風】の魔法薬と言えば、値段は高いものの質のよさでは群を抜いていたはずだが……これは、そこらへんの安物にも劣《おと》る」

やがてヘキウスはそう言い放った。

それを聞いたゴードンは顔を真っ赤にして怒りだす。

「なんだと!?　ヘキウスと言ったな？　薬を飲みもせず、匂いを嗅いだくらいで良し悪しなど分かるものか!!　その魔法薬は高い金で雇った錬金術師《アルケミスト》が、これまでとは比べもんにならんくらい金をかけた素材で作り上げたものだぞ!!」

「そうは言われてもな。分かるものは分かるのだ。これは飲むにも値《あたい》しない薬だぞ？　見て分からないのか？」

そう言いながらゴードンに突き出す魔法薬の瓶を、俺も見つめる。

どす黒く濁った色をした魔法薬は、少し離れた俺の鼻にも異臭を届ける。

あれは、異物の除去をかなり適当にやったか、最悪やらなかったくらいの出来に見える。

時間をかければできる作業なのだから、その時間がなかったのだろうか。

そんなことを言われて納得するようなゴードンではないが、ヘキウスはそれを無視して、今度は回復薬の方に手を移す。

こちらも、不純物が多そうな見た目をしていて、蓋を開けると目が痛くなる刺激臭が発生した。

「こちらも……てんでダメだな。ありえない。こんなもの、よく商品として売ろうとしたな。これは回復薬どころか、毒薬だ。もしダンジョンで傷付いた時に飲んだら、命を落とすかもしれん」

「ふ、ふざけるな!! もういい!! お前は俺に何か恨みでもあるんだろう! さっきから黙って聞いていればズケズケと! これを飲んだら命が危ない!? そんなことあるわけあるか!」

怒り狂ったゴードンは、ヘキウスの手から回復薬を奪い取ると、隣にいた痩せ男に無理やり飲ませた。

苦しそうにする男を無視して、全ての薬を飲み干させる。

「どうだ! なんともないだろう!! これのどこが――」

「う……うぅ!!」

ゴードンがヘキウスに文句を言っている最中に、薬を飲まされた男は、泡を噴いてその場に前のめりに倒れてしまった。

「おい！　ふざけるな!!　下手な芝居などして!!　おい！　聞いているのか!?　いい加減にしないとお前はクビだぞ!!」

俺は慌ててその男に駆け寄り、鞄から薬を取り出す。

「お前はどこまで馬鹿なんだ！　ゴードン!!　これが芝居に見えるのか!?」

俺は取り出した薬を男に飲ませる。

この症状は回復薬の素材に含まれる毒にやられた症状そのものだ。

もし俺が薬を飲ませなければ、大変なことになっていたかもしれない。

しかし俺は心底驚いていた。

上級回復薬の素材は、薬になる部分と、毒を持つ部分に分かれている。

それを分けるのは手間隙がかかるので、素材は一緒になって売られている場合がほとんどだ。

しかし時間さえかければ難しくない作業だ。

こちらも、まるで時間がなくてその作業をきちんとしなかったような、初歩的なミスだった。

「う……うーん」

痩せ男はうなされていたが、顔色は段々とよくなっていった。

「恐ろしい男だな。部下に毒を平気で飲ませるか。自分が飲まないあたり、自分でも薄々気付いていたんじゃないのか？」

ヘキウスが静かな口調でゴードンに言った。

「ば、馬鹿なことを言うな！　お前らが納期を突然早めるから、少し急がせただけだ！　そうだ!!　お前らが悪いんだろう!!　時間さえあれば、問題ない薬を納めることができたのだ！」

「ところがねぇ。そこの坊やはたった二週間でそれをやってしまったんだよ。ゴードン。まぁ、中身の確認はこれからだけどねぇ。とりあえず、黙っときな」

マーベルに諫《いさ》められ、ゴードンは勢いをなくし成り行きを見守ることにしたようだ。

ヘキウスは今度は俺の魔法薬を取り出し、蓋を開ける。

途端に彼の表情が驚きのものに変わった。

「なんと！　この清涼感！　素晴らしい!!　今まで飲んだことのある魔法薬のどれとも違う！　まさに、初めての体験だな」

今回の魔法薬は今までよりもかなり色々と手を加えている。

それが功を奏するだろうか。

「どれ、味は……おお！　なんということだ！　美味い！　美味いぞ!!　ははは！　こんな美味い魔法薬は生まれて初めてだ！　まるで果汁《かじゅう》を飲んでいるような美味さだ!!」

「言う通り。それは果汁を使っているんだ」

今まで作ってきた魔法薬は成分をそのまま水に溶かしたものだった。

しかし、店に立って実際の客の話を聞くと、美味いということはかなり重要な因子だということが分かった。

そこで、俺は試しに味付けを色々と試してみることにしたというわけだ。

そこまで行く際にもう一つ、試したことがあるのだけど。

「ふむ。驚いたな。まさか魔法薬に果汁を混ぜるとは。そして、なんということだ。魔力がみるみる回復していくではないか！　うん？　これは……上級でもおかしなほどの回復量だ！　一体どういうことだ!?」

「使っている成分の精製に少し工夫をしたんだ。今までよりも更に不純物が少なく、成分の量はより多くなっている」

味付けよりも、俺がより興味があったのが、成分の精製法だ。

連日スライムを使った作業をしている間に、前世の記憶がまた蘇ってきたのだ。

【クロマトグラフィ】という不思議な名前の手法で、簡単に言えば混ざったものをそれぞれ別々に取り出すことができるというものだった。

試しにオティスに頼んで、スライムにやってもらうと、びっくりするほどうまくいった。

調子に乗って俺は、いろんな成分の分別をする条件を検討した。

その結果、成分はキラキラ輝く宝石のようなものにまで精製された。

「しかし……果汁が入っているということは、すぐに腐ってしまうのではないか？」

「そこが一番苦労したところなんだ。でも大丈夫。一生腐らないということは無理だけど、普通の魔法薬と同じくらいの期間は十分にもつよ」

これも前世の記憶が教えてくれたことだった。

腐敗を防ぐ、そんな便利なものが前世の日本の飲み物では普通に使われていた。

しかし、それと同じ効果を持つ素材を探すのには苦労した。

それでもなんとか、飲んでも問題がなさそうな防腐効果を持つものを見つけ、それを混ぜている。

これで、味がよく、効果も高く、そして日保《も》ちもするという魔法薬が完成したわけだ。

ヘキウスにも気に入ってもらえたみたいで、俺はほっと胸を撫《な》で下ろす。

「驚いたな。回復薬も同じか。これは……マスター。もう考えるまでもないな」

「そのようだね。ハンス。これから、【赤龍の牙】は薬をあんたのところから買うことに決めたよ。いいね？」

「もちろん。あ、でも……」

「なんだとー!!　マーベル！　正気か!?　俺からの通達を忘れたわけじゃあるまいな!?　この無能から一度でも買ったら、もう金輪際俺のギルトとは取引できなくなるぞ!!　それでもいいのか!?」

そうなのだ。いくら気に入ってもらえたとしても、ゴードンの決定が変わるわけじゃない。

俺から薬を買えば、【白龍の風】とは取引できなくなる。

それをどうするつもりだろうか。

「うるさいねぇ。あんたの親父はいい奴だったから、私はその義理であんたのところから買ってたんだ。正直、息子のあんたは嫌いだったけどね」

「な、なんだと⁉」

「それでも、品はいいものだった。特に薬は絶品だったさ。ところがどうだい。このハンスってのが、あんたのところで薬を作ってたんだろう？　それを手放したあんたが悪いんだよ」

「ふ、ふざけるなー‼　こんなもの！　こうして――うわぁ‼」

何を思ったのか、ゴードンは俺の納めた薬の箱を持ち上げようとした。

途端に見えない力でゴードンは吹き飛び、ゴードンに持ち上げられた箱は宙に浮いたままになっていた。

「マスター。やってしまったが、構わないな？」

「ああ。よくやってくれたよ。魔法薬をダメにするところだった。私は破壊するのは得意でも、何かを守るのは苦手でね」

どうやらヘキウスの魔法だったようだ。

どういう魔法か分からないが、恐ろしいことに違いはない。

「それじゃあ、改めて。これからも頼むよ、【賢者の黒土】のギルド長。私が【赤龍の牙】のギルド長だってことはもう知ってるんだろう？」

「ええ、こちらこそ。よろしくお願いします」

「ああそれと、そっちに凄腕の鍛治師がいるだろう。今度紹介しておくれ。装備をいくつか発注したい。金に糸目はつけないよ」

「カーラのことだね。分かった、今度連れてくるよ。ここに来ればいいのかい？」

俺の質問に、マーベルは一度頷いた。

ふと目を横にやると、薬を飲んだもののまだ目を覚まさないゴードンの部下の痩せ男と、吹き飛んで目を回しているゴードンが宙に浮かんでいた。

「マスター。俺はこの二人を【白龍の風】に届けてくるぞ」

「ああ。頼むよ。そこにいられても、邪魔くさくて仕方がないからね」

マーベルはヘキウスにそう言ったあと、俺に声をかけてきた。

「一応忠告しておくが、生産体制を万全にしておきな。これからは、びっくりするくらい注文が入るよ？　それでも、私の注文は優先順位一番だからね。そこを忘れるんじゃないよ！」

「あはは。分かったよ。覚えておく」

そう言って、俺はマーベルの元をあとにした。

ふと空を仰《あお》ぐと、雲一つない真っ青な空に、眩《まぶ》しいくらいの日が、まるで祝福するかのように俺を照らしていた。

章三――発展を目指して――

「ふんふんふーん」

鼻歌を歌いながら、俺はいつものようにオティスが貸してくれているスライムたちを使って、薬の錬成をしていた。

そしてその準備が終わると、次に進化を試しているスライムたちのところへ向かう。

かなりの大きさを持つようになった錬成用のスライムとは別に、進化用のスライムはオティスに頼んで小さくしてもらっている。

その理由は、スライムの体積が大きければ大きいほど、進化に必要な素材の量も多くなるということが最近分かったからだ。

実は俺はこのスライムたちを使って、色々な実験をしている。

体積と素材の量の関係が分かったのも、同じ操作をしたら必ず同じ種類に進化するのかどうかを調べた結果だ。

それが分かってからは、なるべく早く簡単に進化できるようにスライムの体積を減らしてもらっているというわけだ。

ただ、あまりに小さくすると、今度は与えた素材を体の中に取り込み切れなかったり、取り込んでも消化が遅かったりと不便なため、現在は俺の頭より少し小さいくらいのサイズに落ち着いている。

肩に載せようと思えば、載せることもできる。

俺は今日もそんなスライムたちに色々な素材や刺激を与えて変化を観察する。

「お、これはもしかしたら、成功するかもしれないな」

今試しているのは、アシッドスライムに様々な金属を溶かさせることだ。

進化したばかりのアシッドスライムでは溶かせなかった金属の多くが、成長した今では難なく溶かすことができる。

実はこの前、普通のスライムに金属を溶かさせてみたことがあった。

その時は余っていた金属が鉄だけだったので鉄ばかり溶かさせていたが、案の定というべきか、そのスライムは進化した。

鉄と同じような光沢を持つスライムに変化したのだ。

重さも増し、動きが鈍《のろ》い代わりに鉄と同じくらいの硬さを持つように。アイアンスライムと命名した。

ただ、残念ながらアイアンスライムから鉄を無限に取り出すことはできなかった。

それはそれとして、それならば他の金属を混ぜたらどうだろうか、という疑問が湧いたのだ。

様々な金属を溶かさせたスライムはどれも、その金属の形質を受け継いだ鈍《にぶ》い光沢を持つスライムに変化した。

二種類の金属を溶かした場合は、二種類の金属の性質を持つスライムに進化する。三種類以上も同様だ。

俺はこれをアロイスライムと総称したが、このアロイスライムからも金属を取り出すことはできない。

だがその代わりに、複数の金属の性質を受け継いだアロイスライムに、自分の溶かした金属と同じ金属を与えると、その金属を混ぜ合わせて合金を作り出すことができるようになっていた。

つまりアロイスライムの性質を使えば、今まで錬成ができなかった、ソフィアの防具と同じ合金を作り出せるというわけだ。

そのためにはまず、アシッドスライムの強酸液の濃度を更に強くし、様々な金属を溶かせるようにする必要があった。

試行錯誤の末、ほとんどの金属を溶かすことのできる酸を持ったアシッドスライムが誕生し、晴れて合金の実験ができるというわけだ。

「さすがにミスリルを溶かすことはできなかったけど、ミスリルはあの時やっていなかったから、関係ないだろうな」

そんなことを呟きながら、あの日サンダーウルフの牙で溶かした金属を順に溶かしていく。

全て溶かし終えたあと、俺はアシッドスライムがアロイスライムに進化するのを待つことにした。

次の日、俺は昨日金属を溶解させたアシッドスライムの元に向かった。

これまでの経験上、素材を与えた翌日には進化していることが多かったからだ。

実験が成功しているかどうかを確認することを楽しみにしながら、スライムたちがいる工房のドアを開けた。

「どうだい？ ……って、わぁ！ なんだこれ!?」

俺の目の前に入ったのは、灰色のぼそぼそとした見た目の、一匹のスライムだった。

他のスライムに異常は見当たらないから、このスライムが昨日金属を与えたアシッドスライムがアロイスライム化したものに間違いない。

「思ったものとずいぶんと違うのができちゃったな。それになんだか苦しそうだ。大変だ。オティスを呼んでこないと」

俺は進化したスライムを持ってアイリーンの元へ向かい、オティスが今日どこにいるか知っているか尋ねた。

「オティスさんなら、先ほど薬などを店に運んでもらうよう頼みました。時間的に、もうすぐ戻ってくると思いますよ？」

「そうか。じゃあ、帰ってくるまで待とう。それにしても、心配だなぁ」

「どうされたんですか？」

「実はね――」

俺はアイリーンに先ほど見たばかりのことを説明した。

「そうですか。残念ながら私は錬金術にもモンスターのことにもそこまで詳しくないので、お力にはなれなさそうです。すみません」

「いや、いいんだ」

人に話したことで少し冷静さを取り戻せた。

俺は別の作業をしながらオティスの帰りを待つことにした。

しかし、合間を見つけては、どこか苦しそうに見えるスライムの表面を、優しく撫でてあげていた。


「ただいまー！」

俺が待ち焦がれていたオティスが、元気な声と共に帰ってきた。

途中だった作業の手を止めて、俺はオティスの元へ駆けだす。

「おかえり、オティス！　実は大変なことが起きているんだ!!」

「ハンス、ただいま。なんだい？　大変なことって。もしかして、僕のスライムにいけないことした？」

「それが、よく分からないんだ。実は実験に使っていたスライムの一匹が今日進化してね。そのスライムの見た目が今まで見たことない様子なのと、俺の勘違いかもしれないが、どこか苦しそうなんだ」

「スライムが苦しそう？　うーん。ひとまずそのスライムを見せてよ」

俺はオティスを工房に連れていき、ぼそぼそした見た目になってしまったアシッドスライムを見せる。

それを見たオティスは悩んだ顔をした。

「なんだろこれ。見たことも聞いたこともない様子だなぁ。確かにハンスの言う通り、苦しんでるみたいだね」

「やっぱりそうか！　悪いことをしたなぁ。何が問題か分かるかい？」

「ここのスライムたちには、取り入れたものをなるべく吐き出さないように指示しているんだ。スライムによっては好き嫌いがあって、苦手なものは普通は吐き出すんだけどね」

「つまり、俺が与えた金属の中で本来なら吐き出したいものを、無理に蓄えていたってわけか」

「うん。でもどうしようかなぁ。もう体に取り込まれちゃったみたい。吐き出すとなると、ちょっと大変だね。どんな実験だったの？」

「ソフィアが着ている防具に使われた合金を作り出すための実験だったんだ」

そこで俺はあることを思いついた。

あの時、あのアシッドスライムの強酸液に溶けていたのは、サンダーウルフの牙で精錬できなかった金属だけだ。

逆に言うと、精錬できた金属は、含まれていなかったと考えていい。

「オティス。スライムに命令して、特定の金属だけ吐き出させることは可能かい？」

「え？　うーん。やってみないとなんともだね。でも、任せてよ。僕は天才テイマーだからね」

俺は昨日溶かした金属を、もう一度サンダーウルフの牙を使って精錬してみる。

そして、必要な金属、つまり精錬できなかった金属をオティスに伝えた。

「今言った金属を全て吐き出させてほしい」

「分かった。見ててね」

オティスの命令を聞いて、スライムは苦しそうに体を震わせる。

それに合わせて少しずつ表面から何かが剥がれ落ちていく。

「あちゃー。やっぱり液体じゃなくなってるから、外に出すのには時間がかかるみたい。こうやって、体の表面に出してそぎ落としていく感じだね。でも、きっとそのうち全部出るよ」

「そうか。ありがとう。このスライムの面倒は俺が見よう。俺のせいでこうなってしまったんだからな」

「うん。分かったよ」

それからというもの、俺は毎日このスライムの表面を磨いてあげることにした。

なんでも、オティスが言うには、表面に浮き出た部分は自然に剥がれていくが、磨いてあげるとより早く排出が進むというからだ。

「ごめんな。俺のせいで」

言葉をかけながら、俺はスライムの体を磨く。

何度も繰り返していくうちに、俺が磨き終わったあと、スライムは体を震わせるようになった。

まるで俺にお礼を言っているようにも感じる。

「俺の無茶な実験のせいでこんな姿になったんだから。お礼なんて言われる立場じゃないな」

一人呟き、今日も磨いていると、突然スライムがまったく動かなくなった。

幾分か表面のぼそぼそはなくなったが、いまだに光沢のない姿をしている。

俺は驚いてオティスを探しに向かうが、残念なことに今日はオティスは休暇で、どこにいるか行方がまったく分からない状況だった。

仕方なく、俺はひたすらに磨いてあげることにした。

もしかしたらたまたま動かないだけで、問題ないのかもしれない。

他の作業も忘れ、気付けば俺は一日中、スライムをただひたすらに磨き続けていた。

すると、一番よく磨いていたところに他と違いがあることに気付いた。

ぼそぼそはすでに全体がなくなっていて、更にその場所には鉛色《なまり》の鈍《にぶ》い光沢が出ていたのだ。

「あれ？　この色って……」

そう思った瞬間、スライムの体全体にヒビが入り始めた。

俺は驚きながら、その様子を見守っていた。

ヒビは徐々に大きくなり、やがてぼろぼろとスライムの表面から大量の金属の欠片のようなものが落ち始めた。

その中から、俺が先ほど見た、鉛色の光沢あるスライムが姿を現す。

「は、ははは！　よかった。ちゃんと吐き出すことができたんだね？」

俺は思わず叫んでいた。

その声に呼応するかのように、スライムは周りについた欠片を振るい落とそうと体を震わせる。

欠片がきれいに取れるようにと、今までやってきたように俺はスライムの体を磨いてあげた。

俺が磨き始めると、スライムは体を震わせるのを止める。

まるで俺に体を委《ゆだ》ねているようにも思えた。

「よかったよ。あとはオティスが明日来たら、問題ないかどうか聞いてみよう」

俺は最後に一度だけスライムの表面を自分の手で撫でたあと、寝室へと向かった。

「ハンス。昨日僕を探してたみたいだけど？」

「おはよう。オティス。そうなんだ。実は、この前のスライムの件でちょっとあってね」

俺は昨日起きた出来事を、ギルドを訪れたばかりのオティスに伝える。

その話をオティスは興味深そうに聞いていた。

「そんなことがあるなんてね。早速見せてよ」

オティスを連れて工房に向かうと、鉛色のスライムが勢いよく近付いてきた。

見た目はアイアンスライムや他のアロイスライムと変わらない。

しかし、その素早さについては、他の二つよりも格段上のように見える。

「わぁ。ハンス、おめでとう。成功したみたいだよ？　もう苦しそうにしていない」

「本当かい!?　ありがとう、オティス。君のおかげだよ！」

「ま、まぁ。そうとも言えるかな？　とにかく、この……アロイスライムだっけ？　は、普通の進化種として成功した例だと言えると思うよ」

試しに、俺はこのアロイスライムの前に、体に含まれる金属の塊を全て置いてみた。

そして前回もそうしたように、オティスに命令を出してもらってアロイスライムに合金を作ってもらうよう頼む。

「さぁ、その金属で君の体を作っているものを生成してごらん」

オティスがそう命令すると、アロイスライムは金属を順に取り込んでいき、しばらくすると鉛色の砂のようなものを吐き出し始めた。

それを俺は集めて熱を加えて溶融させ、そしてゆっくりと冷やす。

「おお！　できたみたいだ。早速カーラに確認してもらわないと！　オティス、ありがとう」

「へへへ。まぁ、今回はほとんど何もやってないけどね」

そうはにかむオティスと一緒に、俺はカーラのいる工房へ向かう。

中に入ると、カーラはちょうど金属を打ち終わったところだった。

「カーラ、ちょっと確認してもらいたいことがあるんだ」

「なんだいハンス。おや？　今日はオティスも一緒かい？　珍しいね。なんだい、確認してほしいことってのは……ハンス、その手に持ってるものをこっちに寄こしな！」

俺の持っている合金を見た途端、カーラは目の色を変えた。

その様子で答えをもらったようなものだ。

嬉しくなって俺はすぐにカーラに合金を手渡す。

「ハンス……ついにまた、あの合金を作ることができるようになったんだね？」

「あはは。それを確かめてもらいに来たんだけどね。その様子じゃ、できているってことでいいのかな？」

「ああ。これは間違いなく、あの時の金属と一緒だよ！　よくやったねぇ!!　それで、これっきりってことはないんだろう!?」

「うん。これで間違いないなら、今後はたくさん錬成できると思うよ」

その言葉を聞いて、カーラはバシッと俺の背中を強く叩く。

あまりに強く叩くものだから、俺はたたらを踏んでしまった。

それを見たカーラとオティスは笑う。

「いたた。カーラ、手加減をしてくれよ」

「あっはっは！　大げさだねぇハンスは。まぁ、いい。このカネができたらジャンジャン持ってきな。最高の防具を作り出してやるさ。なんてったって、硬くて丈夫なくせに軽いんだからね!!」

そう。この合金は、ソフィアの本気の一撃でも真っ二つにできないほど硬い上に、驚くほど軽いのだ。

もっと硬い金属なら他にもあるだろうが、それは得てして重たかった。

軽さと丈夫さを兼ね備えたこの合金は、まさに防具に打ってつけというわけだ。

こうして、俺は目指していた合金の錬成に成功したのだった。

☆☆☆

「そういえば。マスターはギルド祭というのをご存知ですか？」

ある日のこと、アイリーンが唐突にそんなことを言いだした。

俺はマーベルのギルドと取引するようになって激増した注文を捌《さば》くために、必死でスライムに素

材を与えている最中だった。

「ギルド祭？　聞いたことないな。名前からしてお祭りかな？」

「やはりそうでしたか。まぁ、お祭りといえばお祭りとも言えますが」

かけた眼鏡をクイっと上げた。

俺があげた眼鏡はもう寝る時以外は一時も外さないらしく、最近はこのクイっというのがお気に入りらしい。

この仕草がまた、お店に来る探索者《シーカー》たちやギルドの注文を届ける人々から大人気で、密かなファンクラブまであるという噂だ。

そういえば、【赤龍の牙】が俺のギルドを利用するということは、大々的に街中に広まった。

と言うのも、マーベルがそう公言してくれたからだ。

その結果、嬉しいことにいくつかのギルドも【賢者の黒土】との取引を開始し、それが評判を広め、今では多くのギルドが取引をしてくれている。

また、初めて俺に注文を出したのに、ゴードンが怖いからとキャンセルして門前払いしたギルドからも注文が来たが、それは断った。

やはり人間、信頼は大事だ。事情があるとはいえ、一度あんな態度を取られてしまえば、二度目の取引をしたいとは思えない。

アイリーンはギルド祭について詳しく説明してくれる。

「ギルド祭というのは、一か月の売り上げを競う祭でして。毎年、龍の月に行われます。今が兎《うさぎ》の月なのでちょうど来月が開催月ですね」

一年は十二の月に分かれ、龍の月は五番目の月になる。

「へー。知らなかった。それで、勝つと何かいいことがあるのかい？」

「ええ。一番になったギルドはこの街のギルドの代表として、国が開くギルド会の理事に選任されます。これまでは【白龍の風】のギルド長、つまりゴードンが選ばれていたのですが……」

「え!? そうなんだ。全然知らなかったな」

ゴードンがあそこまで無茶苦茶をやっていたことに、違和感を感じていたが、それなりの権力を持っていた上での行動だったんだな。

しかし、それも過去の栄光だ……

「ご存知の通り、この前のマーベル様との一件で、【白龍の風】はかなり勢いを落としていると言えます。しかも、自分で作ったルールで自分の首を絞める始末です」

「まぁ、俺のギルドと取引したら取引停止だなんて。逆に多くのギルドが俺と取引しているんだから、ゴードンは取引相手がどんどん減っているだろうねぇ」

アイリーンの言う通り、ゴードンは自分で自分の首を絞めていた。

【赤龍の牙】、もっと言うとマーベルのお墨付きというのは、この街ではかなりの効力があるらしい。

【白龍の風】もそのおかげであんな強気の経営が成り立っていたとも言える。

しかし今はそれがなくなってしまった。

総合ギルドではあるものの、まだまだ扱っている商品が少ない俺らだが、品質は認めてもらえている。

その品質のいい薬や武具との取引を取って、【白龍の風】との取引をやめるギルドが大勢いたという単純な話だ。

「それで、そのギルド祭ってのは、何か参加表明が必要なのかい？　わざわざ聞いてきたってことは、勝手に参加するってことはないんだろう？」

「ええ。まず、管理局に参加の意思を伝えます。それは私が代理でやりますが……問題は開催月中の商品の売り方です」

参加したギルドは、もちろん一位を狙ってくる。

するとどうなるか。

普段よりもとてつもなく安い、特価商品を出して客を呼び寄せたり、期間限定商品などを出したりするギルドがほとんどらしい。

買う側もそれをよく心得ていて、その月ばかりは、馴染みのギルドから買うということは成り立たないんだとか。

「うちの場合、期間限定商品というのはなかなか難しいと思いますから。そうすると目玉商品を売り出すといった形になると思うのですが……」

「うーん。どうかなぁ。少し考えさせてよ。参加すること自体も含めてね。理事になったら何かいいことがあるんだろうけどさ。俺が今なりたいかって聞かれたら、よく分からないよ」

「かしこまりました。期限までそんなにありませんから。もし参加の意思が固まった時には、なるべく早く私に教えてください」

「ああ。分かったよ」

ひとまずの話が終わったので、続きの作業に戻る。


しばらくすると、乱暴に扉が開いた音が聞こえてきた。

「まぁ！　オティスさん。どうしたのですか？　その怪我！」

「な、なんでもないやい。大したことない。ほっといてよ。それより、ハンスいる？」

どうやらオティスが使いから帰ってきたようだ。

追加でできた薬を店舗まで運んでもらったのだ。

「おかえり。オティス。って、どこが大したことない怪我なんだ！　血が出ているじゃないか！

ほら、回復薬。早く飲みなよ」

「うるさいってば！　そんなのいいから。ハンス。お前に貸してるスライムたち。返してもらうよ!!」

突然のオティスの言葉に、俺は一瞬固まってしまった。

今、薬製造のほとんどは、スライムたちがやっている。

もちろん素材の選定や準備、細かい部分は俺の仕事だが、大量生産ができているのはスライムのおかげと言って間違いない。

スライムたちの主人は、本人の言う通りオティスだ。

俺はテイムはできないし、命令なんてできっこない。

主人であるオティスが返せと言えば返さざるを得ないが、かなり困るのも事実だ。

「あ、ああ。もちろん。元々オティスのスライムを俺が借りていたんだから。でも、なんに使うんだ？」

「何に使うかだって⁉　ハンスも僕の職業を忘れたんだね！　僕は荷物運びなんかじゃない！　テイマーだ！　この街の探索者《シーカー》なんだよ‼」

「忘れてなんかいないよ。オティスがテイムしてくれたスライムで、すごく助かっているじゃないか」

「はは！　そうだよね。ハンスは僕じゃなくて、スライムが大事なんだ。分かったよ。薬に使うスライムは置いていく。でも、ハンスが遊びでいじったスライムは全部返してもらうからね‼　僕を馬鹿にしたあいつらに、僕がちゃんとした探索者《シーカー》だってことを示してやるんだ‼」

「ちょっと、待ってよ。一体どうしたんだ？　オティス。それにあいつらって誰のことだ？」

「ハンスには関係ないよ！　いいから放っておいてくれ!!」

そう言うとオティスは、俺が色々と進化の可能性を試していたスライムたちを連れて、出ていってしまった。

あまりの出来事に俺はどうすればいいのか分からず、立ち尽くしていた。

「オティスさん。どうしたのでしょうか。あの怪我だって、転んだとかでは付きようのない怪我でした。心配ですね」

「ああ。ここを出ていく時は元気だったから……戻ってくる間までに何かあったのかな」

その時、オティスと入れ替わりでソフィアが帰ってきた。

「ただいま！　ハンス!!　オティスを見かけなかったか!?」

「ソフィア。おかえり。オティスならたった今、俺が預かっていたスライムを全部引き取ってどこかへ出かけていったよ」

「一足遅かったか。オティスのことだが、あらかたの事情は知っている。私に任せてくれないか？」

「何か知っているのかい？」

彼女の口ぶりからするとわけありらしい。

「ああ。私も直接見ていたわけではないが、人から聞いたんだ。どうやらオティスは、前にダンジョンに置き去りにされたパーティに出会ったらしい」

「なんだって!?　それで、そいつらに殴られでもしたのか!?」

「まぁ、聞いてくれ。こんなことがあったんだ――」

ソフィアは、その場を見ていたという人から聞いた話を、俺らに話してくれた。

☆☆☆

――オティスとソフィアが帰ってくる数刻前。

「お、あれ。あの時の生意気なガキじゃねぇか？」

「ん？　どれどれ？　お、本当だ。おいおい。死んだと思っていたが、まさか生きて帰ってきてるとはな」

「まさか、あいつ。弱っちいと思ってたが、口で言うように本当に強ぇ奴だったのか？　だとしたらやばいんじゃないのか？　俺たち」

「そんなわけないだろう。見ただろ？　あいつのテイムしたモンスター。スライムだけでどうやって戦うって言うんだよ」

とある探索者《シーカー》のパーティが通りを歩いていた。

その声は大きく、興味のない者にも十分聞こえるほどだ。

話題に上ったオティスも、当然その声が聞こえ、後ろを振り向く。

探索者《シーカー》の男たちと目が合ったオティスは一瞬怒りの表情を浮かべたものの、無視することを決めたのか、再び前を向く。

「ほらな。ウルス。あいつも俺らに気付いたみたいだが、なんも言ってこねぇ。そんな実力があったんなら、俺らになんか言ってくるだろうよ」

「ほんとだな。ペール。やっぱりあいつは雑魚《ざこ》テイマーってことだ。あっはっはっは！」

「おい。見ろよ。あれって、最近話題の【賢者の黒土】の店じゃねぇのか？　あいつ、店先じゃなくて、裏口に向かってるぞ。まさかメンバーなのか？」

「まさか。あそこは最近できたばかりのやり手のギルドって話だろう？　誰があんな雑魚テイマー雇ったりするんだよ」

ウルスとペールという二人の探索者《シーカー》はオティスのあとを追い、【賢者の黒土】の店舗の裏口に足を運んだ。

「はい。確かに。オティスさん。ありがとうね」

「へへ……大丈夫だよ。たくさん売れたら、僕も嬉しいからさ」

そこでオティスが店の者に薬を渡しているのを見かけた探索者《シーカー》たちは、彼はギルドメンバーとしての仕事をこなしていたのではなく、ただのお使いをしていたのだと解釈した。

そして、からかってやることを互いの目くばせだけで決めた。

ウルスとペールは帰りがけのオティスに声をかける。

「おい！　雑魚テイマー。よくあそこから生きて戻ってこれたな。誰かに助けてもらったか？　運だけは一人前のようだな」

「お、お前たち！　なんでこんなところに!!」

「こんなところにって思ってるのはこっちの方だよ！　探索者《シーカー》がダンジョンじゃなくて店舗の裏口にいるとはな！　お使いたぁ笑えるな。さすがに雑魚すぎて探索者《シーカー》は無理だと理解したか!?」

「ば、馬鹿にするな！　僕は今でも探索者《シーカー》だ！　今日はたまたま荷物を届けに来ただけだ！」

馬鹿にする探索者《シーカー》に、オティスは言い返す。

ただ、ダンジョンで助けてもらったことも、今はダンジョンにほとんど潜っていないのも事実だった。

ハンスに頼まれてオティスが追加でテイムしたスライムは、全てダンジョンではなく街の外にいるものだった。

ソフィアに一緒に行くかと誘われたこともあったが、オティスはあの日以来、ダンジョンに行くのが怖くなっていたのだ。

「たまたま荷物をだと？　まるでここのギルドメンバーみたいなこと言うじゃねぇか。そういうはったりは俺らには効かねぇんだよ！」

「みたいなんじゃない！　僕はここのギルドメンバーだ！　馬鹿にするな！」

「わっはっはっは！　嘘だろ？　もしほんとなら、ここのギルド長は頭おかしいぜ。こんな雑魚テイマー雇うなんてよ」

「おい！　ハンスの、マスターの悪口言うのだけは許さないぞ!!　マスターは凄い人なんだからな!!」

「は。誰がお前の言うこと信じるかよ。お前が雑魚テイマーなら、それを雇ったギルド長は馬鹿に間違いないだろうがっ！」

「このやろー!!　マスターを馬鹿にするなー!!」

オティスは、その小さな体で、屈強な探索者《シーカー》に向かっていき、そして相手の拳一振りで吹き飛ばされてしまった。

☆☆☆

ソフィアから話を聞いた俺は、怒りで半ば無意識に手を握りしめていた。

そんなことが起こっていたなんて。

しかし、その話をソフィアにしたって人は、随分と長い間、オティスをコケにした探索者《シーカー》を追っていたように思える。

それがすごく不思議に思えて、ついついソフィアにその話をした人物について尋ねてみた。

「それは許せない話だけど……ソフィアにその話をした人ってのは、一体なんでそんなに詳しいんだい？」

「うん？　そりゃあ、そのウルスとペール本人から聞き出したんだから詳しいさ。もちろん、私が全て話させたと言うのもあるがな」

「え!?　つまり、ソフィアに話したって人は、その探索者《シーカー》ってこと？　どういうことだい？」

「どういうことも何も。たまたま通りかかった時に、オティスが殴られたのを見かけた。オティスはそのまま走り去り、あの馬鹿どもも笑いながら去ろうとしたから、ひとまず馬鹿を懲《こ》らしめることにした。もちろん理由は聞いてからだぞ」

なるほど。つまり、ソフィアはたまたま最後の場面に居合わせて、ウルスとペールとかという探索者《シーカー》たちを懲らしめ、話の一部始終を聞いたということらしい。

それにしても、ソフィアは一人で第六階層を探索できるほどの凄腕の探索者《シーカー》。

一方、向こうは第三階層で囮を使って逃げるような探索者《シーカー》。

何をしたかはあえて聞かないけど、相当な恐怖を味わったに違いない。

それを聞けただけでも、少し溜飲《りゅういん》が下がるというものだ。

「状況は分かった。でも、オティスのことは放っておけないよ。スライムを連れてあいつらに自分が探索者《シーカー》だってことを分からせてやるって言ってた。多分、一人でダンジョンに潜りに行ったんじゃないのか？」

「ソフィアさん。オティスさんを探しに行ってもらえませんか？」

俺とアイリーンの話を聞いて、今度はソフィアが俺たちに事情を聞く。

俺は借りていたスライムの一部を返したことと、オティスの発言や態度をソフィアに伝えた。

「ふむ。まったく。あの馬鹿たちの話によれば、自分のことを言われても怒らなかったが、ハンスのことを馬鹿にされて怒ったらしい。ハンスの前では、そんなそぶりは見せないのにな」

「そんなことは今はどうだっていいよ！　ソフィア！　スライムは弱いモンスターなんだろう？　オティス自身だってそんなに強くないはずだ。すぐに助けに行かないと!!」

「そうだな。今から向かう。おそらく第三階層には行けないだろうから、第一階層と第二階層を探してみるよ。あそこはそんなに広くない。すぐに見つかるはずだ」

「よろしく頼むよ。オティスは大事なギルドメンバーの一人だからね！」

俺とアイリーンに見送られ、ソフィアはダンジョンに潜っていった。

俺は気が気ではなかったので、一人ダンジョンの入口の前で待つ。

その間、アイリーンには念のため街の中にオティスがいないかを探してもらうことにした。

ソフィアの話では第一階層だけなら隈なく探すのに数時間もかからないそうだ。

第二階層まででで見つからなければ、一度入口に戻ってきてもらうことにしている。

とにかく、オティスの無事を祈って俺はひたすらに待ち続けた。


「遅いな……まだ見つからないのかな。それとも、実はダンジョンには向かってないのかな？」

俺は念のためダンジョンの入口で、いろんな人にオティスがダンジョンに入ったのを見かけてないか聞いてみた。

しかし残念ながら明確な答えは得られなかった。

「マスター。ダメですね。街中のオティスさんが行きそうなところを訪ねてみましたが、どれも空振りでした」

街を探していたアイリーンが戻ってきて、そう言った。

「そうか……そうなると、ソフィアの帰りを待つしかないな……」

更にしばらくして、ようやくソフィアの姿が入口に現れた。

その横には何故か陽気な顔をしているオティスがいる。

「オティス！　ソフィア。無事にオティスを見つけてくれたんだね！　ああ！　よかった」

「オティスさん。今回の件は、看過できない行為ですよ？」

俺らの言葉を遮るように、興奮気味のソフィアが声を上げる。

「待ってくれ。ハンス。お前、オティスのスライムに何をしたんだ？　とんでもないことになっているぞ？」

「え？　どういうことだい？」

オティスも嬉しそうに首を縦に振っている。

「マスター！　凄いや!!　僕のスライムたち、びっくりするくらい強くなってたよ！」

マスター？

今までオティスは俺のことを呼び捨てで呼んでいたはずだが、突然マスターと呼ぶなんて、本当に何があったのだろう。

よく見ると、オティスの後ろには各種のスライムたちが。

そして、その上にはなんと見知らぬ探索者《シーカー》たちが、意識を失った状態で載せられていた。

とにかくこんなところで立ち話もなんなので、俺らは一度ギルドに戻ることにした。

そこで、俺がやったスライムへの実験の成果を聞くこととなった。

ちなみに、昏倒していた探索者《シーカー》たちは、このままでいいと二人が言うので、ダンジョンの入口に置いてきている。

「まずはヒーラースライムでしょ？　こいつがいれば、ちょっとの怪我なんてへっちゃらなんだ！　それにヒートスライム。こいつのおかげで、熱に弱いやつなんかイチコロさ！」

「それだけじゃないぞ。金属のように硬いスライムもいるようだな。こいつが盾になる。私の鎧と同じくらいの硬さを持っているようだ。第三階層程度のモンスターでは話にならん」

「ちょっと待って。第三階層と言ったね？　オティスは第三階層に行っていたのかい？」

「ん？　ああ。そうなんだ。中で出会った探索者《シーカー》に、第三階層に降りたオティスを見かけたと言う人がいてな。焦って第三階層に向かったんだが」

ソフィアはそこでモンスターと戦っているオティスを見つけたんだとか。

慌てて助けに向かおうとしたが、オティスの様子がおかしいので、ひとまず見守ることにしたらしい。

オティスは俺が色々と試したおかげで進化したスライムたちを使って、第三階層のモンスターたちを軽く倒してしまったそうだ。

それを見届けたソフィアは、オティスに話しかけ、俺が心配していることを伝え、一度戻るように言った。

すでに頭が冷えていたオティスは、すぐに戻ることを承諾し、ダンジョンの出口に向かった。

その途中、ちょっとしたアクシデントがあったらしい。

「あいつら。性懲りもなく、僕を追ってきてたんだ」

「本当にどうしようもない馬鹿たちだったよ。私に勝てないからといって、オティスに腹いせをしようと目論んでいたらしい」

二人が話しているのは以前オティスを囮にしたウルスとペールたちだった。

そのウルスとペールたちが、オティスたちの前に立ちはだかったのだとか。

しかし、オティス一人だと思っていたら、隣にソフィアがいて、怖気付いた。

「それでね。僕一人で相手してやるって言ってやったんだ！」

オティスは興奮冷めやらぬ口調で、嬉々《きき》としてそのことを語った。

ソフィアが手を出さないことを知った相手は、嬉しそうにオティスをボコボコにしてやると宣言したらしい。

結果、ボコボコにされたのはウルスとペールたちだった。

人数で言えばオティス対複数。

数の上でも相手が思っていた実力的にも負けるはずがない戦いだった。

ところが、オティスには俺が進化させたスライムたちがいた。

スライムたちはウルスとペールたちをいとも簡単にねじ伏せ、身動きが取れないまでにしてしまった。

ちなみに、最後のトドメを刺したのは、ポイズンスライムの毒だった。

各種致死性の毒を作り出すことが可能なスライムだが、その分量を調整し、意識を失う程度の弱い毒を打ち込んだのだとか。

毒については色々と思いつくままにスライムに与えた手前、やりすぎた感はあるが、きちんと手加減ができたみたいで一安心だ。

「マスター。さっきはごめんなさい。でも、お願いがあるんだ」

「そうなんだ。ハンス。私からもお願いしたい」

話を終えたあと、謝罪の言葉を述べたオティスは、上目遣いで俺を見る。

お願いとはなんだろうか。

どうやらソフィアもそのことについては賛成のようだ。

とりあえず中身を聞かないことには、判断がつきようもないので、俺は話を聞くことにした。

「お願いってなんだい？　まずは教えてくれないと、答えられないよ」

「うん……今回は勝手にダンジョンに潜ってごめんなさい。でも、僕もダンジョンに潜りたいんだ。探索者《シーカー》なんだから！　ソフィアも一緒に潜ってくれるって言うし」

「ああ。正直、私もそろそろ仲間が欲しいと思っていたところだ。一人ではやはり第六階層が限界だからな。しかし、オティスがいれば、より深い階層も潜れそうだと思っている」

「ええ!?　オティスはこの前まで第三階層も無理だったんでしょう？　それを第六階層、いや、もっと深くだなんて。大丈夫なの!?」

俺は驚いて大声を出してしまった。

ダンジョンに潜ったことがない俺は、正確にはダンジョンの危険性は分からない。

しかし、聞いた話では階層を下げるためには、前の階層を余裕で探索できるくらいの実力がないと無理だということだった。

さっきの話では第四階層はいけるのかもしれないが、更に二階層分以上も下がるのだから、心配にもなる。

「そのことなんだが、どうやらスライムたちの強化はまだまだ可能そうでな。それを除いたとしても、すでに第六階層までは一緒について来れそうな実力を持っていると思うぞ」

「うん！　きっと、使えば使うほど強くなるんだ。こいつら。だから……もう……お荷物じゃないから!!」

ソフィアがそう言うのだから、オティスの、スライムの強さはそれほどだと言うことだろう。

オティスはまだ幼いから無茶しそうな気もするが、ソフィアが一緒ならダンジョン内の立ち回りも安全に学べるかもしれない。

何より、嬉しそうなオティスの顔を見れば、断れる者はいないだろう。

俺は一度頷いてから、承諾の言葉を口にした。

「分かった。認めよう。より深い階層に行って素材を取ってくることができるようになれば、このギルドにとってもいいことだからね。オティス、無理はしないで。でも、よろしく頼むよ」

「ほんと!? やったぁ！ マスター。大好き!!」

そう言うとオティスは両手を広げて俺に駆け寄り、その小さな体全身を使って、俺を抱きしめてくれた。

☆☆☆

どこか陽気な雰囲気の街の人々は、色とりどりに飾られた店を楽しそうに覗いていく。

普段なら高くて手が出せなかった品や、期間限定のものを探して街中を練り歩く人たちを見ながら、俺は色々と考えていた。

『それでは、ギルド祭に参加すると言うことでよろしいんですね？ 分かりました。すぐに管理局に申請してきます』

アイリーンにギルド祭に参加することを伝えたのは、つい昨日だ。

開催月初日の前日、つまりぎりぎりになっての決断だった。

俺がギルド祭に参加するかどうかを悩んだ理由は、まだギルドメンバーが少なく、商品もそんなに多くないこと。

それだけなら、優勝は難しいと言うことだけで、参加すること自体に問題はないのだが、参加を渋る大きな理由がもちろんあった。

それは、参加費用。

まず、最初に多額の協賛金の出資が必要だった。

大手のギルドなら出しても問題ない額かもしれないが、いくら薬や武具が売れていたとはいえ、小さなギルドにはなかなかな額だった。

さらに、祭の実行に伴う各種委員へのギルドメンバーの提供。

これが何より辛かった。

うちのギルドには一人も余分な人員がいない。

アイリーンの提案でギルドメンバーの登用の際の面接が実施され、残念なことに未だに新しいメンバーは一人も採用されていない。

信用して任せていたが、今度自分で様子を見ないといけないかもしれない。

そんなわけで散々悩んだのだが、結局俺は参加を決めた。

理由は、参加した場合のメリットとデメリットを天秤《てんびん》にかけた結果だ。

デメリットは今言った通り。

一方のメリットは、始めたばかりの俺のギルドにとってはなかなか得難いものだった。

もちろん売り上げが一位になれば国のギルド会の理事になれるという大メリットがあるが、それは無理だろう。

そもそも、それしかメリットがないならほとんどのギルドは参加などしない。

実はギルドには認定ランクというものがあり、ギルドメンバーの最大人数の上限などが決まったりする。

つまり、アイリーンも何も嫌がらせでメンバーを入れないのではなく、入れたくても今のままではあと一人しか入れられないのだ。

ギルドのランクを上げる方法は様々だが、ギルド祭に参加し一定以上の売り上げを上げることができれば自動的に上がる。

今までの売り上げなら、最低のランクである星一から、星三まで上がりそうな算段だ。

そうすれば、メンバーの上限にはしばらく困ることもないし、他にも優遇がある。

そう考えれば、多少無理はしてでもギルド祭に参加した方がいいという結論に至った。

「それじゃあソフィアとオティス、頼んだよ。言わなくても大丈夫だと思うけど、粗相のないようにね」

「ああ。正直戦うこと以外は得意ではないが、精一杯できるだけのことはやってくるさ」

「安心してよ。僕、こう見えても他の大人より物知りだからさ」

「二人とも、期間中はこちらのことを気にしなくていいから。それじゃあね」

俺たちが提供する人数は二人。

多いようにも思えるが、祭開催中は色々と問題も起きやすく、街中に人を張りつかせなければいけない。

その他色々な雑用もある。

毎年、他の街からも人が大勢来るため、臨時の宿泊施設の運営なども重要な役割の一つらしい。

とにかく祭をするには人手がいる。

大手のギルドなどは数十人規模で駆り出されるというのだから、俺たちはまだいい方だろう。

しかしそれでも、誰を出すかは頭を悩ませる問題だった。

結果、決めたのはソフィアとオティスの探索者《シーカー》二人だ。

俺とカーラは商品を作る側なので、離れるわけにはいかない。

アイリーン以外にギルド祭の詳細な決まりなどを知る者がいないため、彼女も手放すわけにはいかなかった。

その他に店の売り子をしてくれるメンバーが数名いるが、この人たちもいなければ店を開くことができない。

売り子は他のメンバーでもできないことはないが、結局他の必要なことができなくなってしまうし、ある程度慣れている売り子が店に立った方が安心できる。

なにせ、祭中の販売量はいつもより多くなると予想されるからだ。

「俺も今日は一日店に立って、どのくらい売れそうなのかを見るよ。何度か素材を仕込むために抜けるかもしれないけど」

「助かります！　ハンスさんとカーラさんの作った商品をたくさん売りますので‼」

そう答えたのは売り子をやってくれているマリアだ。

人懐っこい性格の女性で、一児の母でもある。

子供がまだ小さいため、できるだけ一緒にいたい気持ちもあるが、旦那の稼ぎだけでは苦しい。

そんな中、管理局に貼られていた【賢者の黒土】の募集を見て、飛んできたんだとか。

実は売り子をメンバーに雇うことは、彼女を採用した時に決まった。

働く意欲はあるものの、職人でも探索者《シーカー》でもないマリアをどう扱うか悩み、それならアイリーンと一緒に店に立ってみてはどうかと考えたのだ。

結果は大当たり。

こう言ってはなんだが、アイリーンは一部の客には特別な人気を誇るが、愛想がよくないせいか、大衆受けはよくない。

一方で、マリアは誰にでもにこやかな顔で朗らかに対応するため、どんな客にも好感を持ってもらえた。

更に雑談にも長け、訪れた探索者《シーカー》たちからダンジョンや他の情報をサラリと仕入れ、アイリーンや俺に教えてくれる情報網としても活躍している。

他のメンバーもマリアをお手本として、手際よく商品を捌いていく。

期間中は特別な味付けをした魔法薬や回復薬、その他解毒薬などの薬を、期間限定商品として販売している。

カーラの方も、少し特殊な金属を使った武具を多く作り、特価で売り出すことを決めていた。

特価と言ってもかなりの高額だが、今を逃せば次は手が届きさえしないという焦りなのか、初日からまずまずの売れ行きだ。

「これは、もう少し薬の作る量を増やさないといけないかもね」

「ええ。私が想像していたよりも、更に売れ行きが伸びているようです」

どんどん減っていく商品の棚を眺めながら、俺は裏方として、補充をするために在庫置き場で在庫を取り出す手伝いをしていた。

すると、突然叫び声が聞こえてきた。

何事かと思い、店頭に戻る。

何やら、客とマリアが揉めているようだ。

「だから！　こんな不良品を売って、どうするんだって言ってんだよ！」

「ですから！　うちに不良品なんてありっこありません！　そもそも、それが不良品だなんて、どこに証拠があるんですか！」

どうやら客は、うちの商品に不良品があったと文句を言ってきているようだ。

自分が作った薬に不良品が混じっているなどにわかに信じがたいが、とりあえず状況を聞いてみることにした。

「すいません。俺がここの責任者だけど。何か不具合があったのかい？」

「おう！　お前んとこの魔法薬な！　腐ってたんだよ！」

「なんだって？　ちょっと見せてもらってもいいかな？」

「ああ、いいとも！　おらよ。間違いなく、お前のところのやつだぜ！」

周りでは、多くの野次馬がことの成り行きを眺めている。

腐っていたなんてとんでもないと思いながら、俺は男が差し出した瓶を受け取る。

確かに瓶にはうちのギルドの紋章がついていた。

これは必須ではないが、そのギルドが製造したものだと示すのに有効な手段であるため、うちで売っている全ての薬瓶に紋章を付けている。

「う……！」

「ほらな？　嗅いだだけでも吐きそうになる匂い。間違いなく腐ってるだろう？」

確かに男の言うように、瓶の中に入っている液体は腐っていた。

吐き気をもよおす異臭を放ち、匂いを直接嗅いだ俺は、思わず顔をしかめる。

「それは今日の朝買ったばかりだったんだぜ？　売ったのは、そこのネェちゃんだ」

男はマリアを指差してそう言った。

「確かに、私はこの人に売った記憶はありますが、腐った薬なんて売ってません！　この店にそんなものがあるはずないんですから!!」

マリアは売ったことは認めながらも、薬が腐っていることは全力で否定する。

俺は男に向かって言った。

「この瓶は確かにうちのだが、中身はうちのじゃない。こんな濁りが生じる作り方はしていないからね」

「おいおい。しらばっくれる気か？　ああ、分かったよ。そっちがその気なら、俺にも考えがある。おーい。みんな！　聞いてくれ!!」

俺の手から瓶を乱暴に奪い取ると、男は身体の向きを変え、大きな声で叫んだ。

周囲には先ほどよりも多くの人垣ができている。

「俺はこの店で朝、薬を買ったんだ！　それなのに、薬はこの通り腐っていた!!　それを指摘したら、ここの店は謝罪もせず、俺が薬を変えたと言いやがった!!」

男の訴えを聞き、周囲からひそひそ話がきこえてくる。

そこで俺はやっと気付いた。この男の目的は、うちの店の評判を下げることだと。

「もし、ダンジョンで飲もうとした薬が腐ってたらどうする⁉　もしかしたら最悪の事態が起こるかもしれない‼　俺はもうこの店から買うのはやめるぞ‼」

男は更に叫び、薬の瓶を頭上に掲げながら店から離れていく。

それに続くように、多くの人たちが、俺の店の前から離れていった。

その中には、俺がまだ店に立っていた時から何度も足を運んでくれた、常連の顔がいくつもあった。

俺は突然の出来事に、どうすることもできずに立ち尽くしていた。

そんな中、声を上げた一人の探索者《シーカー》がいた。

前に知り合いに俺の薬を勧められてから、ずっと通ってくれている男だ。

「おい！　あんなやつの言うことなんて信じちゃダメだぞ⁉　俺はここの店ができて間もない頃から毎日のように買ってるんだ‼　ここの品質は俺が保証する‼」

その声に同調するように、他からも大勢の声が上がっていく。

「そうだそうだ！　俺もいつも回復薬を買ってるが、腐ってるなんて一度もなかったぞ‼　あいつは嫌がらせをしに来た奴に違いない‼　みんな、騙されるな‼」

大勢の擁護の声に、立ち去ろうとしていた人たちは再び足を止め、こちらに戻ってくる。

むしろ、去った人よりも、その声に呼び止められ近付いて来る人の方が多いくらいだ。

俺が驚いた顔をしていると、最初に声を上げた探索者《シーカー》の男が、俺に向かって親指を立てて見せ、話しかけてきた。

「俺はマルフォって言うんだ。俺が言うのもなんだが、ここの魔法薬は絶品なんだから。変な奴が何かを言ったって、自信持ってくれな」

近付いて見ると分かる身体中に刻まれた大小様々な傷は、歴戦の探索者《シーカー》であることを証明している。

年は俺の倍くらいはあるだろうか。

よく見ると、背中にはカーラが打ったと思われる戦斧《せんぷ》が担がれていた。

「ありがとうマルフォ、助かったよ。まったく、どういうつもりか知らないが、とんでもない目にあった」

「まったくだ。しかし、さっきの男がどういうつもりだったかはもうすぐにでも分かると思うぜ」

「どういうことだ？」

「あいつが去っていった方向に、他の常連が付いていっただろ？　今頃あいつは自分から説明しているよ」

そう言うと、マルフォは悪い笑みを顔に浮かべた。

マルフォの意図したことが分からず返答に困っていると、先ほど離れていったはずの常連たちが戻ってきた。

何故か彼らも笑っている。

「おー。戻ってきたか。それで、どうだった？」

「いやぁ。とんでもねぇぞ。あいつの言うことが本当なら、出元は【白龍の風】だ」

よく知ったギルドの名前が突然出てきた。

一体何が起こっているのだろうか。

「一体全体どういうことだ？　すまないが、俺にも分かるように説明してくれないか？」

するとマルフォは俺に顔を向け、片目だけで一度瞬《まばた》きした。

「こいつらはさっきあからさまな嫌がらせを仕掛けてきた男を追って、ちょっとお灸《きゅう》を据《す》えてやったんだよ。探索者《シーカー》らしいやり方でな」

つまり、先ほどの男と一緒に去っていったと思っていた常連の人たちは、あの男のあとを追っていたということらしい。

「さすがにこの店の前でやるわけにはいかなかったからよ。俺がこいつらに指示して、あとをつけさせたってわけだ。それで頃合いを見計らって……」

「まぁ、しょーもないやつだったよ。俺らにちょっと小突かれたら、失禁しながら全部話し始めやがった」

ガッハッハと笑う探索者《シーカー》たちを見て、俺は笑うべきところなのかどうか迷ってしまった。

しかし、出元が【白龍の風】とはどういうことだろうか。

「それで、【白龍の風】がその男とどんな関係があるんだい？　実は、そのギルドとは少し縁があってね」

「ん？　ああ。それがな。あいつが言うには、【白龍の風】から頼まれてやったんだってよ。あんなでかいギルドが、言っちゃ悪いけどできたばかりのギルドにわざわざ嫌がらせをする意味が分からねぇけどなぁ」

それを聞いては俺は合点がいった。間違いなくゴードンの仕業だ。

「それでもよ。【赤龍の牙】が【白龍の風】と手を切ったって話だろ？　なんか最近色々悪い噂も聞くし、そんなに長くねぇんじゃねぇかな？　あのギルド」

「そうそう。この前なんか、鍛冶師たちが全員辞めたんだろ？　あそこの武器はいいものが多かったんだが、最近はちょっとなぁ。その点この店は逸品ばかりよ！」

探索者《シーカー》たちがそれぞれ話し始め、話題はどんどん流れていく。

要点だけを抜き取ると、【白龍の風】は思った以上に経営が立ち行かなくなってきているようだ。

そんな中の俺への嫌がらせ。

落ちぶれていくゴードンの最後の悪あがきだろうか。

評判を落として道連れにでもするつもりだったのかもしれないが、幸いなことに常連客たちのおかげで事なきを得た。

探索者《シーカー》たちはまだ【白龍の風】に話題の矛先を向けていた。

「大体よぉ。俺はあのギルド、前から気に食わなかったんだ。よーし決めた。不買運動だ。徹底的にやってやろうぜ」

「ばーか。お前知らねぇのか？　あそこはすでにみんな買うのを止めてるよ。ここ最近じゃあ、まともな品がまったくないって言われてる」

「俺のダチがあそこのギルドにいたんだがよ。酷いもんだったらしいぜ。それでも大手だからって頑張ってたみたいだが、沈む船にはもう乗ってられないとよ」

「ああ、私の友人も同じようなことを言っていたな。なんでも、特別待遇をしていた凄腕の錬金術師《アルケミスト》が辞めたあたりから、おかしくなったとか」

そんな話をよそに、俺はすでに元通りになった客の列の対応に追われていた。

以前【赤龍の牙】に出して好評だった、果汁入りの薬は飛ぶように売れていく。

本当はもっと早く売りに出してもよかったのだが、アイリーンからこれは目玉商品になるからと、止められていたのだ。

今回ギルド祭に参加するということで、売るなら今だと許しが出た。

実は今回は色々と味の種類も作っている。

毎日飲むものだから、色々な味を楽しみたい人もいるだろうと思ったのだ。

来た人には少量だが味見もさせるように指示している。

それが功を奏し、ほとんどの人が数本買って帰っていた。

今後どうなるかは分からないが、一応期間限定というのも効いているのかもしれない。

結局、その日用意した薬は全て売り切れてしまった。

カーラの方も相当な数が出ているらしい。

ともかく、この日は客足が途絶えることはなかった。


「お疲れ様でした！　聞いてください！　とんでもない売り上げですよ!!　いつもの五日分の売り上げを、一日で達成しました！」

店じまいし、ギルドに戻ってからのこと。

アイリーンが口の端を緩めて今日の成果を発表した。

「おお！　凄いね。明日はもう少し多く薬を運ばないと。店番はできないかもね」

「ハンス。こっちの素材も足りなくなりそうだよ！　あたしはあんたの作ったカネ以外はもう打つ気はないからね。よろしく頼んだよ！」

カーラが威勢よく言った。

「みなさん。今日来てくれた大勢の人が、明日知り合いを連れてくるって言っていましたよ！　明日はもっと人が多いかもしれません！」

マリアの言葉に、みんな気合を入れる。

せっかく来てくれたのに、売り切れなんて申し訳ないことしたくない。

こうして、ちょっとしたトラブルはあったものの、悩んだ末に参加を決めたギルド祭の初日は、大成功で終わった。

「それにしても凄い人だね。この街に、こんなに人がいるだなんて、知らなかったよ」

「他の街や村などからも大勢が訪れているからな。探索者《シーカー》も、普段はダンジョンに潜るが、この時ばかりは掘り出し物がないかと街を歩く。余計に多く見えるさ」

ギルド祭も半ばに差し掛かった日。

俺はソフィアと一緒にオリジンの街の中を歩いていた。

俺はギルド祭というものの存在自体を知らなかった。

去年までは、ギルド祭が開催される時期は異常なほど多忙で、周りが何をしているかなんて気にする余裕もなかったからだ。

俺はせっかくなので祭を楽しみたいと思い、休みの時間を作り祭の中を探索することに決めた。

すると、たまたま委員の方の仕事が空いたソフィアが、案内を買って出てくれた。

正直、祭でどんなことが行われているのか知らないので、俺は喜んでお願いした。

俺の返事を聞いてソフィアも嬉しそうにしていたのは、やはりこういう祭は一人で回るより複数で回る方が楽しいからだろう。

「あ！　ソフィア。あれ何かな？　美味しそうだ。食べてみようよ！」

「ハンス。大丈夫か？　さっき食べたばかりなのに。そんなに食べると腹を壊すぞ？」

祭は日用品から特別なものまで、色々なものがところ狭しと売られている。

それを見て回っても楽しいが、結局使わないものばかりなので、買うのははばかられる。

そこで俺が目をつけたのは祭で売りに出されている、珍しかったり美味しそうだったりする食べ物だった。

どれも小さな臨時の店舗の店先で売られていて、作っているところが見えるところも多い。

俺はたった今見つけた、パンの中に色々な具を挟み、さらにパンを熱した鉄板で挟みながら焼くという食べ物を二つ注文する。

受け取ったそれは出来立てで湯気が立って、見るからに美味しそうだ。

「はい、これ。ソフィアの分」

「あ、ああ。ありがとう。しかし、さっきもだが、本当に私は払わなくていいのか？」

「うん！　お金の心配はいらないよ。それに、ソフィアには案内してもらっているんだから、そのくらいのお礼はさせてよ」

「そ、そうか？　お礼なんてものは、いらないんだがな」

そう言いながら、ソフィアは複雑そうな顔をする。

どうしてか分からなかったが、ひとまず気にしないでおくことにした。

「あ！　見て！　あっちで、何かやっているよ？」

「ああ。あれは、腕力を競う遊びだな。ああやって手を組み合い、相手の拳を机に先につけた者の勝ちだ」

「へぇ！　ちょっと見に行ってみようよ！」

「いいが、間違っても参加したいとかいうなよ？　ああいうのは力馬鹿の領分だ」

ソフィアの言葉に、前方にいた俺の太ももの太さより太い腕をした男が振り向き睨んできた。

どうやら、力馬鹿というのが気に障《さわ》ったらしい。

「は！　舐めた口利くのはどんなやつかと思ったら！　ヒョロっちい男と、女じゃねぇか。勝てもしない奴が言うじゃねぇか」

男の言葉にソフィアがピクリと眉を動かす。

「なんだ？　気に障ったなら謝るが、怒ると言うことは図星だったか？　心当たりがない者は普通怒らないものだ」

「て、てめぇ！　ここででけぇ口利いていいのは、腕力のある奴だけなんだよ！　俺と勝負しろ！」

ソフィアに言っているのかと思ったが、男はこちらを見つめていた。

「何を呆けた顔してやがる！　オメェだよ！　まさか、連れの言ったことの責任も取れねぇような男じゃねぇだろうな!?」

「え？　俺のことか？」

どうやら、喧嘩を売られたのは俺のようだ。

さすがにソフィアに勝っても、と言ったところだろうか。

今日のソフィアは珍しく普段着で、ドレスを着ている。

見た目からは、まさか凄腕の探索者《シーカー》だとは思いもしないのかもしれない。

「おい。ハンスは関係ないだろう。私が相手になってやる」

「はっ！　女のお前が何できるって言うんだよ！　さすがの俺も女子供をいたぶる趣味はねぇ。ただし、自分の女の責任も取れねぇような男は別だ。早くしろ！　それとも、ここで頭を土につけて謝罪でもするか!?」

「ふざけるな！　私がやると言っているだろう！」

「いいよ。ソフィア。彼は俺を指名しているんだ。ひとまず、相手の拳をあの机に先に付けたらいいんだろう？」

俺がそう言うと、ソフィアは驚いた顔を見せた。

まさか俺がやると言いだすとは、思ってもいなかったようだ。

「馬鹿を言うな！　あの男の腕を見ろ！　ハンスなんかじゃあ、腕をへし折られるぞ？」

「大丈夫。きっとね。多分、自分から腕を机に付けてくれるよ。まぁ、見てて」

そう言うと、俺は男の待つ席へと向かった。

「へっへっへ。逃げださねぇだけ大したもんだ。せいぜいその細い腕がへし折れないように、気をつけるんだな」

席に着くと、男はニヤニヤとして言った。

どうやらソフィアの発言に対する文句は口実で、狙いは俺だったようだ。

俺をいたぶりたくてうずうずとしている。

念のためになんの恨みがあるのか聞いてみた。

「なんだか俺のことが気に食わないみたいだけど、何か悪いことをしたかな？」

「はっ！　俺はなぁ、お前みたいな美人をはべらせているようなやつは大っ嫌いなんだよ!!」

なんと、男はソフィアが俺の恋人か何かだと勘違いしているらしい。

しかし今更否定しても、止めるようなことにはならないだろう。

俺は仕方なく、二周りも大きな分厚い相手の手を握る。

すでに相当な圧をかけられ、このまま握り潰されてしまいそうな勢いだ。

「あいたたた。一応聞いておくけど、どんなことをしても、相手の手を机に先に付けさせた方が勝ち、でいいんだね？」

「はっ！　まさか勝つつもりでいるとはな。言っておくが、魔法を使おうとしたって無駄だぞ？　この下に、魔法を阻害する魔法陣が書かれてるからな」

男が指差す下には、確かに複雑な幾何学模様が描かれていた。

魔法を阻害すると聞いて一瞬考えたが、以前ソフィアに聞いた魔法のことを思い出し、問題ないと結論づける。

念のために空いている方の手で試してみたが、予想通り影響がないことが確認できた。

俺のことを憐れんだり、面白がったりする視線を感じながら、開始の合図を待つ。

「始め!!」

「うぁあああ!?　あっちぃ!!」

合図とほぼ同時に、男は叫びながら自ら腕を俺から離れる方向に引く。

あまりの勢いに手が離れそうになったが、その勢いを利用して男の手を机まで持っていった。

「おおおおお!!　なんだあいつ！　見かけによらず強ぇのか!?」

俺の負けが当然だと思い込んでいた、周囲の人たちから歓声と驚きの声が上がる。

俺は席を立ち、その場から立ち去ろうとする。

「ふざけるな!!　何をしやがった!!　まともにやって俺がお前なんかに負けるわけねぇだろう!!」

「さっき聞いたじゃないか。どんなことをしても勝ちだって。それ以上でも以下でもないよ」

俺の手の形に赤く腫《は》れ上がった手を押さえながら、男はなおも俺の方を睨む。

「それとも、ここで喧嘩でも始めるつもりかい？　その時は、今の熱さじゃ済まないと思うけど」

「う……くそ……」

もちろん手加減をしたが、俺の扱える高温は金属をも溶かすことができる。

もし人に使ったら、それこそ灰しか残らないことになるだろう。

しかしこれ以上何をするつもりもないので、黙ってソフィアの元へと戻った。

「どういうことだ？　あの男の手の腫れと、叫び声も何やらおかしかったが」

俺が戻ってすぐに、ソフィアはどうやったのかを聞いてきた。

ソフィアの目の前に、手のひらを見せながら説明する。

「ちょっと、ね。俺が手のひらに触ったものの温度を自由に上げられるっていうのは知っているでしょ？」

「あ、ああ。しかし、魔法は使えないはずだぞ？」

「うん。でも、元々俺は魔法なんて使えないんだ」

「なんだって!?　炎の精霊と契約して、魔法を使って熱を与えているんじゃないのか!?」

ソフィアの言う通り、普通は精霊と契約を結んだあと、その精霊に対応する魔法を習得し、使用する。

俺は炎の精霊と契約したあと、魔法を使うまでもなく手のひらで触ったものに熱を与えたり、炎を発したりすることができた。

何故かと聞かれると俺も答えは分からないのだが、とにかくできたのだ。

それを説明すると、ソフィアは先ほどよりもさらに驚いた顔をする。

そして、ゆっくりと言葉を吐いた。

「ハンス。まさかお前が、寵愛《ちょうあい》持ちだったとはな……」

「寵愛持ち？　なんだいそれ？」

「知らないのか？　探索者《シーカー》の中では有名な話だがな。精霊の寵愛。これを持つ者は、精霊の属性に応じた、特殊なことが自《おの》ずとできる。噂では魔法とはまた違うらしい。お前の場合は、その触ったものの熱を自在に上げられるって能力だろうな」

「へー。そういうことなのか。長年の疑問が解けて、すっきりしたよ」

どうやら俺がどんな炎でも、高温でも発することができるのは、ソフィアの言う精霊の寵愛というもののおかげらしい。

どうしてそんなものを俺が持っているのかは知らないが、なんだか特別なものを一つ手に入れたみたいで、嬉しくなった。

「しかし、私のせいで余計な手間をとらせてしまったな。今後は発言にも少し気を遣おう」

「あはは。まぁいいよ。怪我もなかったし」

俺は問題ないことを伝えたが、ソフィアはそれでは申し訳ないと、俺に何かしたいと言ってきた。すでに初めから俺の好きなことばかりで、ソフィアを連れ回している気がするが、一応何かしたいことがないか考えてみる。

結局何も思いつかず、逆に提案してみることにした。

「何も思いつかないや。だからさ、ソフィアのとっておきの場所に連れていってよ」

「私のとっておきだと？」

俺の提案に、ソフィアは真剣な顔で考えこむ。

しばらくして何かを思い付いたらしく、笑みを作って俺の手を引いた。

「分かった。私のとっておきだな？　少し歩くけど、いいか？」

「うん。いいよ。どんなところだろう。楽しみだなぁ」

祭で見るものはどれも新鮮で、心が躍《おど》るようなものばかりだった。

【白龍の風】にいた時はもちろん、そこを辞めてからも結局、俺は街の中を見て回ることなどはしてこなかった。

そんな習慣がなく、何をすれば、どこへ行けばいいのか分からないというのが主な理由だ。

今日はソフィアが一緒に歩いてくれて、とても助かっていた。

そして、俺なんかよりもずっとこの街のことに詳しいソフィアが教えてくれるとっておきの場所。

おそらくそこは、俺が今まで見たことのないような素敵な場所だろう。

そんなことを頭の中で考えながら、ソフィアに連れられてひたすらに歩く。

しかし、しばらく歩いてから、俺は不思議に思いソフィアに聞いてみた。

「ねぇ。どんどん街から離れていくけど。どこへ向かっているんだい？」

「もう少しだ、ここを登ったら着くんだ。足元に気をつけろよ？」

そう言いながらソフィアは半ば足場と言えないようなところを、どんどん登っていく。

俺もソフィアに置いていかれないようにと、息を切らしながら登った。

「どうだ。綺麗だろう？」

登り切ったところで、ソフィアが俺に言う。

ソフィアの視線の方向へ目を向けると、俺たちがいる小高い丘の上から街が一望できた。

「わぁ。あんなに小さく。いつも見上げていた建物を見下ろすなんて、なんか変な気分だねぇ」

「あっはっは。変な気分か。私は、よくここに来て、気力をもらっているんだ」

話を聞くと、ソフィアも【白龍の風】にいた時は、なかなか大変な日々を過ごしていたらしい。

膨大な量の依頼をこなす日々で、体力も精神もすり減っていたんだとか。

「そんな時にここに来るとな。全てが小さく見えて、私の悩みなんてそんなに大したことじゃないんじゃないかって。もしどうしてもダメなら、あのギルド以外にも頑張れる場所があるんじゃないかって思えたんだ。あそこに見えるのが【白龍の風】の拠点だが、ここから見たら小さく見えるだろう？」

ソフィアの指差す先に、見知った建物が見える。

周囲の建物と比べれば巨大な建造物だが、確かにソフィアの言う通り、ここから見れば当時感じていた威圧感など微塵も感じない。

「ただな。実はこのギルドができる前に、私はあのギルドを辞めるかどうか悩んでいたんだ。特にどこに入るか決めていたわけじゃないけどな。そこへハンス。お前がギルドを作ると言いだした」

「うん。俺もまさか自分でギルドを作るなんて、思ってもいなかったけどね」

「結果、私も辞めて、今がある。正直、当時から比べればここは天国だよ」

「あはは。確かに。今思えば、あのギルドは酷かったからねぇ」

俺とソフィアは、その後しばらくの間、無言で街を眺めていた。

祭の最中もあって、街の通りは人で埋め尽くされている。

いろんなところに目を向けると、思わぬ気付きが随所に散らばっていた。

やがて、ソフィアが口を開く。

「なぁハンス。お前は【賢者の黒土】をどうしたいと思っている？」

「どうしたいって？」

「私が言うのもなんだが、このギルドは今のままで十分素晴らしいと思っている。ただ、今のままで終わらないだけの可能性を持っているとも思う。お前は、このまま居心地のいい場所を作って終わりでいいのか？　それとも、もっと先を見据えているのか？」

「今その質問をされたら、正直なところ分からないな……」

俺は目線を眼下の街並みからソフィアに向ける。

それに気付いたのか、ソフィアも顔をこちらに向けてきた。

沈み始めた夕焼けに照らされているせいか、ソフィアの白い肌が赤く染まって見える。

「俺はギルドを作る気なんてあの時無かったんだ。実を言うとね、一歩間違えたら俺は、あの時命を捨てていたかもしれない」

「なんだと!?」

「前に話したけれど、俺の【白龍の風】での待遇は、他の皆が思っていたような好待遇どころか、凄く酷いものだった。逃げだしたんだよ。俺はあの日、あのギルドから」

ソフィアは俺の目を逸らすことなく見つめ、話を聞いてくれている。

それだけで、俺は安心する。

あの日、前世の記憶を取り戻したこともあるが、俺が今こうしていられるのはソフィアのおかげと言っていい。

俺は心で思っていた言葉を口にする。

「ソフィア、今まできちんと言えてなかったけど、このギルドができたのも、今俺がこうして素敵な風景を見て入れられるのも君のおかげだよ。ありがとう」

「な、なんだ突然。照れるだろ」

先ほどよりも日は更に沈み、夕焼けの赤も強まっている。

しかし、ソフィアの顔が赤みを増しているのは、そのせいだけじゃないように感じた。

「さぁ。そろそろ戻ろうか。日が暮れてしまってからだと危ないからな」

「うん。ありがとう。確かにここは、とっておきの場所だよ」

「ここら辺は虫も多いからな。暗くなって灯《あか》りをつけたら、そいつらが寄ってくるんだ。刺されたらひどく腫れるから気を付けろよ」

「へぇ。虫除けでもあればいいのにねぇ」

何気ない返答に、ソフィアはぽかんとした顔をする。

そこで俺は、自分の発した単語が、前世の記憶のものだと気付いた。

【虫除け】。同じような効果を期待する行為はないわけではないが、前世の記憶、日本にあるようなものは、この世界にはない。

そこで俺はあることを閃《ひらめ》いた。

もしこの考えが可能であれば、より安全に探索者《シーカー》はダンジョンを探索できるのではないだろうか。

「むしよけ？　なんだ？　それは？」

「いや。新しい製品のアイデアの話だよ！　今、考え中なんだ。できたら教えるからね！」

俺はソフィアの指摘に誤魔化しの言葉を上げながら、頭の中では、どんな組み合わせで作るか考え始めていた。

もちろん目的は言葉通りの虫を除けるためのものではない。

もっと大きなもの、ダンジョン内のモンスターも除けられるようなものを作るのだ。

そんなものができれば、モンスター討伐を目的としないような採取の際の安全の確保、低階層での体力の温存など、得られる利益は大きい。

「そうか。ハンスは毎回人を驚かせるような凄いものを作るからな。そのむしよけというのも楽しみにしているよ」

「うん。素材採集の手伝いを頼むかもしれないけど、その時はよろしく頼むね」

「ああ、任せろ。ただ、行けるとしたら、この祭が終わってからだろうな」

「それはそうだね。俺も、今は他の薬の製造で大忙しだから」

その後もいろんな雑談をしながら、来た道を戻り、街へと辿り着く。

その頃には日が暮れて、互いに家へ戻る時刻になっていた。

ソフィアを送り届けたあと、俺は先ほど話した【虫除け】について、思考を繰り返していた。

ダンジョン内に出てくるような、危険なモンスターを退散させる薬を作るなら、確かに素材が足りない。

強力なモンスターが忌避《きひ》するような、そんな効果のあるものが必要だ。

しかし、街の外にいるような弱いモンスターだけでいいなら、その限りではない。

方法はいくつか考えられた。

その中から、すぐに作れそうなものを試しに作ってみたい。

【白龍の風】でこき使われていたとは言っても、実際に俺はこの錬金術という作業自体は好きだった。

特に、今までにないものを作るために試行錯誤する。

もちろん一筋縄ではいかないが、目的のものができた時の喜びは何物にも代え難い。

そう思ったら、自然と俺の足は、いつもより速く地面を蹴っていた。

「ただいま！」

人のいない家の中に向かって声を上げる。

迎えてくれたのは、すでにここの住人となって長いスライムたちだ。

今回はスライムたちに頼むわけにはいかない。

何故なら、スライムもまたモンスターなのだから。

スライムたちに影響が出ないように、俺は別室で作業を始めることにした。

まずは様々な植物から、匂いの強いものを選んでいく。

前世の記憶では、様々な種類の虫除けが気軽に手に入った。

使っているものは薬品だとは分かっていても、残念ながら専門ではなかった前世の俺の記憶には、詳細な知識は入っていなかった。

それでもいくつかの知識を呼び出し、さらにこの世界における俺の知識と結び付け、試作品を作っていく。

作るのは二つ。

一つは液体状で、身体などに振りかけて使うもの。

前世の世界では【スプレー】という便利な器具があったみたいだが、これも残念ながら詳細な構造は分からず、今のところは作製はお手上げだ。

今度カーラにどういうものか説明し、仕組みを考えてみてもらうのもいいかもしれない。

そんなことを思いながら、俺はどんどん薬品を作っていく。

ちなみに、オティスのスライムで色々な液体の製造を試していた際に、とても便利なスライムが誕生した。

これもオリジナルのスライムになるようだ。

その名も、アルコールスライム。

名付け親はまたも俺だが、分かりやすいことこの上ない。

揮発性の高い液体を作る目的で様々な酒、それも蒸留酒を、俺独自の方法で更に蒸留した酒をスライムに作らせていたら進化したのがこれだ。

本来スライムの体内は、酸で満たされている。

ところがアルコールスライムの中は文字通り酒が詰まっている。

ただ、残念ながら美味しくはないようだ。

何故そんなことを知っているのかと言うと、酒好きで有名なドワーフの血を引くカーラが、試しにと飲んでみたのだ。

彼女いわく焼け付くような刺激があるが、飲んでも大して美味しいとは思えないという話だった。

しかし、このアルコールは非常に重宝している。

水には溶けにくいものを溶かしたり、成分の精製に使ったりと、錬成に欠かせないものとなっている。

モンスターが嫌いそうな成分をこのアルコールに溶かし、水で薄めれば、ひとまずの完成だ。

これを振りかけると水よりもずっと早く揮発し、その時に成分が周囲に舞う、といった効果が期待できる……と思っている。

思っているというのは、正直なところ、俺にはそれを証明する手段が何もないからだ。

それでもこれまでの経験から、前世の記憶は有用な情報を教えてきてくれた。

今回も、きっと新たな薬の開発に、一役買ってくれることだろう。

「よーし、これくらいでいいかな?」

気付けば、数十種類の液体が、机の上に並べられていた。

今度はこれ一つ一つの効果を確認しなければならない。

「あ、でも。液体だけじゃなくて、煙の方も作らないと」

独り言を言いながら、俺はもう一つの作り方で、薬を作っていく。

こちらは、燃えやすい素材に薬を練り込み、使う時はそれを燃やす。

燃える時に発生する煙に乗って、成分が飛んでいくという仕組みだ。

こちらも思いついた限り作り、床に並べた。

「ふわぁ。もうこんな時間か。久しぶりに頑張りすぎたなぁ」

窓の外を見ると、すでに空は白み始めていた。

このまま不眠で朝を迎えるのも身体によくないと思い、俺は仮眠を取ることにした。

「マスター。いらっしゃいますか？」

「う、うーん。はーい」

アイリーンの声に、俺はまだ重い瞼《まぶた》を上げ、一度伸びをしてから返事をする。

それに気付いたアイリーンは、眼鏡を片手で上げる仕草をしてから小言を始めた。

「大方予想はつきますが、また夜更かしをして作業されていたんですね？」

「うん。ちょっと、新しい商品の試作品をね」

俺の言葉に、再びアイリーンは眼鏡を上げる。

「新商品ですか？　それはどのような効果が？」

「えーと、モンスターを退散させるんだ。まだ、弱いモンスターにしか効果がないだろうけどね」

「モンスターを？　どうやってモンスターを除けるんですか？」

「うーん。口で説明するより、実演して見せた方が早いかな？　アイリーン、これから少し時間ある？」

店が開くまでまだ時間があったので、俺はアイリーンを連れて街外れの草原に訪れた。

この辺りは、大人なら誰でも勝てるような弱いモンスターが時々現れる。

「お、いたいた。スライムだね。オティスがいたら、怒られていたかな？」

「あのスライムをどうするんですか？」

「まぁ見ていてよ」

「はぁ……」

草原の上で静止しているスライムに向かって、近くに昨日作った薬を振りかける。

効果を試すためには、順番に見ていくしかないので、地道な作業だ。

振りかけ始めて数本目、それまで微動だにしなかったスライムに変化が見られた。

というのも、スライムは一定以上近付かなければ、こちらに反応することはない。

こうやって少し離れたところから薬を地面に振りかけている分には、なんの動きも見せないのだ。

そんなスライムが、明らかに俺から遠ざかるように動き始めた。

効果が本当にあったかどうか確かめるために、俺は走ってスライムの先回りをする。

そして、進行方向の先に、先ほどと同じ薬を振りかけた。

「やった。成功だよ。これは効果があるみたいだ」

「どういうことですか？」

俺が再度薬を振りかけた途端、スライムは方向転換し、俺からも、先ほどの場所からも遠ざかるように移動した。

つまり、俺がかけた薬を嫌っているに違いない。

そのことをアイリーンに説明すると、より詳細な説明を求められた。

専門的な話をしても困るだろうから、俺は概要だけを説明する。

「なるほど……モンスターが嫌う特有の成分が含まれているんですね。これ、早速商品化しましょう」

「え？　でも、まだ試作品というか……スライムみたいな弱いモンスターにしか効かないと思うよ？」

「それでも構いません。他にもまだ試作品は残っているんですよね？　私も手伝いますから、どれが一番いいか、色々なモンスターで試してみましょう。特に、虫系のモンスターによく効くものがいいですね」

「あ、ああ。手伝ってくれるのはありがたいけど」

随分と乗り気なアイリーンを見ながら、俺は昨日作った薬の残り半分を手渡す。

そして手分けして薬の効果を確かめていった。

「液体のものはこちらが、そして燃やすものはこれが一番よさそうですね」

「うん。でも、本当にこんなの売れるのかなぁ？」

「売れますとも！　いいえ。売ってみせます。まぁ見ていてください」

「うん。いつも頼りにしてるよ」

アイリーンと一緒に調べた結果効果が高かった薬を、それぞれ大量に生産することになった。

とりあえず液体と固体をそれぞれ百本用意できたところで、連日の無理が祟って、深い眠りにつく。

「マスター。起きてらっしゃいますか?」

「う、うーん。今起きたよ」

昨日と同じく、アイリーンの声で起こされる。

今日も伸びをしてから返事をして、昨日作った分を伝えた。

「すみません。無理するなと昨日自分で言っておきながら。早速、商品を店に運びましょう」

「ああ、手伝うよ。それと、俺も今日は店で見ていていいかな? 本当にこれが売れるか見てみたいんだ」

「いいえ。今日は商品としては売りません。今日買いに来てくれた方で、常連の方に無料で配る予定です。この前のお礼の意味も込めて」

「え? 売らないの? ああ、また宣伝ってやつだね」

売らないということなので、俺は店に立つのは売る日にすることにして、今日はもう少し寝ることに決めた。

二度寝のあとは、いつも通り魔法薬や回復薬など売れ筋商品を作りだめする。

その日は特に変わったこともなく、ただアイリーンからは、できるだけ多めにモンスター除けを作っておいてくれと指示があった。

特にいつも通りのこと以外にやることはなかったため、売りに出すまでの間、空き時間でせっせとモンスター除けを作っていた。

☆☆☆

――祭り会場である街の一角。

「そういえばソフィア。この前突然休みが取りたいって言ってたけど、何の用事だった？」

祭の委員として、街の警備に当たっていたソフィアに、同じ任務に就いているオティスが突然そんなことを聞きだした。

二人は祭の委員が他の人からもそうだと一目で分かるように、腕章を付けている。

「ん？　あ、ああ。いや、実は大した用事じゃなかったんだ。ほら、あのギルドにいると決まった休みがあるのが普通になってしまって、つい休みたくなるだろう？　そうだ！　オティスも、一日くらい休みを取ったらいい！」

オティスが聞いたソフィアが休みを取った日というのは、もちろんハンスに祭りの案内をしていた日だった。

ソフィアは事前にハンスがその日祭りを見て回ると知り、密かに休みを申請していたのだ。

しかし、【賢者の黒土】とは違い、この街で働く一般的な者たちは、特別な用事がない限り休みを取ることはない。

そこで、ソフィアはその日は外せない用事があったと言い、休みを取ることに成功したのだ。

ソフィアの返答を聞いたオティスは訝しげな顔をする。

少なくともソフィアがそんな理由で委員の仕事を休むとは、彼には信じられなかったからだ。

「まぁ、言いたくないなら無理に聞かないけど。それで、もう休むことはないって思っていいのかな？　僕一人でどうってことないけど、話し相手がいないのはちょっと退屈だったからさ」

「あ、ああ。すまないな。あれっきりにするよ。それで、オティスは本当に休みを取らなくていいのか？」

「僕は別に祭に興味はないからね。マスターと一緒なら、楽しいかなぁって思うけど」

オティスの何気ない言葉に、ソフィアは過剰に反応してしまう。

ソフィアにとって、以前はハンスは同じギルドに所属する凄腕の錬金術師《アルケミスト》で、その作る薬の腕に尊敬の念は持っていたものの、それ以上の感情はなかった。

しかし、【白龍の風】を共に脱退し、二人で【賢者の黒土】でやっていく中で、自分でも気付かないうちに、ハンスを一人の異性として慕《した》うようになっていた。

それに気付いたのは、まさに先日。ハンスの休みに合わせて自分も休みが取れれば、と思っていることに気付いた時だ。

ソフィアはその気持ちをどう扱っていいか分からずも、今まで自分がそうしてきたように、自分に素直になり、休みを取ることを決めたのだ。

「おや、二人共。ご苦労さん」

「こんにちは、ソフィアさん、オティスさん。祭の委員の仕事、お疲れ様です」

二人が話しているところに、同じギルドの鍛冶師であるカーラと、売り子として絶大な人気を誇るマリアが現れた。

どうやら二人は今日は休みらしく、祭を回っているようだ。

「カーラ、マリア。今日は二人は休みなの？　いいなぁ。さっきソフィアと話していて休みなんかいらないって言ったけど、実際に楽しんでる知り合いを見たら、僕も休みたくなっちゃった」

オティスの言葉に、マリアが小首を傾げる。

「あら？　この前ソフィアさんはお休みをいただいたみたいですけど、オティスさんは取れないいんですか？」

「それはソフィアが特別に休みを申請したからさ。うちと違って、こっちに休みなんかないよ」

「あら、まぁ。それはそれは……」

オティスの話を聞いて、マリアは意味ありげな呟きを漏らす。

あの日、ハンスとソフィアは【賢者の黒土】の店に顔を出していて、その様子をマリアも見ていたのだ。

「だからあんな素敵なお召《め》し物だったんですね。うふふ」

一児の母であるマリアには、ソフィアの行動理由がお見通しだった。彼女は優しげな表情をソフィアに向ける。

「素敵なお召し物？　どんな服を着ていたんだい？　以前見た普段着は、どちらかというと男が着るような服装だったけどねぇ」

マリアの言葉にカーラが反応する。

カーラはソフィアが【白龍の風】を脱退する時に武具を奪われた際に、ソフィアの普段着姿を見ていた。

「それはそれは素敵なドレスでしたよ」

「ソフィアがドレス？　へー。それは僕も見てみたかったたな。なんだい、ソフィア。さっきは誤魔化そうとしてたけど、デートだったの？」

オティスは年少特有の無邪気さでそんなことを言う。

その言葉にソフィアは顔を真っ赤にして否定した。

「ば、馬鹿言うな！　デートなわけないだろう。デートなわけ」

「うふふ。なるほどねぇ。私応援しちゃいますよ。ソフィアさん」

「だから！　なんでもないって言っているだろう！　ハンスと一緒になったのはたまたまだ！　たまたま!!」

「え!?　ソフィア、まさかマスターとデートしてたの？　二人はそういう関係!?」

オティスの言葉にソフィアは自分が墓穴を掘ったことに気が付いた。

しかしすでにもう遅い。

休みを無茶な理由で取ったことを知っているオティス。

普段着が男装に近いことを知っているカーラ。

そしてハンスと一緒にいて、更に普段着ることのないドレスを着ていたことを知っているマリア。

この三人を誤魔化すことは困難であるとソフィアも分かっていた。

唯一救いなのは、普段からハンスの傍にいることが多いアイリーンにこのことが知られていないことだろうか。

そんなことを考えつつ、意味深な笑みを向ける三人にソフィアはため息をつきたくなっていた。

「あら？　皆さんお揃いですね。どうしたんですか？」

そこに現れた銀髪のエルフ。

【賢者の黒土】の知恵袋、アイリーンの顔と声を認識した時、ソフィアは今度こそ盛大にため息をついたのだった。

☆☆☆

アイリーンにモンスター除けを渡した一週間後。

今日から商品として売ると彼女が言ったので、俺はそれまでに作っておいたモンスター除けを持って、店へと向かう。

店番のマリアたちは、すでにアイリーンから事情を聞いているようだ。

「今日は忙しくなりそうですね」

「そうだといいんだけど。まだ、あれがそんなに売れるなんて思えないんだよなぁ」

マリアにそう言っていると、開店早々人がやってきた。

顔を見たことがある気がするので、常連客の一人だろう。

「この前聞いたら、今日から発売って言ってたから。朝起きて急いできたんだ。例のアレ、売ってるかい？」

「いらっしゃいませ。ええ、本日より発売となります」

「そうか！　そりゃよかった。かける方のやつ、十個くれ！」

「液体のモンスター除けですね。かしこまりました。銀貨二十枚になります」

俺はそのやりとりを見て驚いていた。

おそらく、あの男は以前無料で配られたのを使ったのだろう。

それで使った結果、また欲しくなった。

そして、マリアから今日から発売すると事前に聞いていて、開店後すぐに訪れたのだ。

そのあとも普段の薬と同じかそれ以上に、モンスター除けを求める人はあとを絶たなかった。

作るのはそれほど難しくないためまだまだ在庫は大量にあるが、これでは今日の閉店時間まで客足は止まらなさそうな勢いだ。

そんな事態に驚いている時、俺はアイリーンと視線がかち合う。

彼女は口角を少しだけ上げ、右手で眼鏡を持ち上げた。

「どうしてこんなに売れるんだい？　モンスター除けって言ったって、効果があるのは大人なら自力でなんとかできるような弱いモンスターだけなのに」

「虫系のモンスターを撃退できるのが大きいのです。特にダンジョンに出てくるのは大きさも驚異的らしいですが、外で出てくるのは小さくて撃退するのも別の意味で一苦労ですからね」

「それにしても、そんなちっちゃな虫を撃退する必要なんてあるのかい？　それに、探索者《シーカー》だけじゃなくて、他の職業の人も大勢買って帰っているように見えるけど」

「もちろんです。むしろ、探索者《シーカー》に限定されない商品ですよ、これは。虫系のモンスターの嫌なところは、その見た目。それだけで忌避感を持つ人たちも少なくありません。次に、一部のモンスターは小さいながらもこちらを刺したり噛んだりしてきますから」

なるほど。どうやら俺は虫除けを元にモンスター除けを作ったつもりが、本来の虫除けを開発したらしい。

しかし、アイリーンに言われて納得する。

確かに一部の虫は姿を見るのも不快だし、ものによっては噛まれたり刺されたりしたら腫れてしまう。

ダンジョンに行かない人にとっても、その小さな虫たちは悩みの種だったってことだ。

俺は飛ぶように売れていくモンスター除けを見ながら、アイリーンの先見の明に唸ってしまったのだった。

章四――一つの始まりそして終わり――

「それじゃあ、いってくるよ」

「はい。緊張して変なこと言わないように気をつけてくださいね。今回ばかりは私が代わりに行くわけにはいかないのですから」

モンスター除けを売り出したあと、全ての製品が好調な売り上げを保ったまま、無事にギルド祭は終わりを告げた。

驚くべき売り上げの多さに、みなで喜びを分かち合っているところに、その知らせは来た。

それが、俺がこれから管理局に行く理由というわけだ。

珍しくきちんとした服装を着こなし、俺は居心地の悪さを感じながら、管理局の受付に声をかける。

「【賢者の黒土】のハンスだけれど」

「ああ！　ハンス様。お待ちしておりました。どうぞこちらへ」

以前来た時とは打って変わってかしこまった態度で、受付嬢のミラベルは俺を案内する。

連れていかれたのは、豪華な応接室だった。

「少しお待ちください。すぐに担当の者が参りますので」

「あ、はい」

ミラベルは俺に一礼して部屋を去っていく。

この前とは対応を変えてもらえるだけのことを成し遂げたのではないかと、俺は内心嬉しく思った。

「おや。あんたも来てたのかい」

「マーベル」

扉が開いたのでてっきり担当の人が来たかと思ったが、入ってきたのは【赤龍の牙】のギルド長、マーベルだった。

以前会った時はゆったりとした服装をしていたが、今日はマーベルもきっちりとした格好をしていた。

「それにしても、やるじゃないか。さすが私が目を付けただけのことはある。私も鼻が高いよ」

「いや。マーベルの方こそ、凄すぎるよ。第十階層到達どころか、ドラゴンの討伐まで成し遂げるなんて」

「ああ。あれは嬉しかったねぇ。思わずその場で大声を上げてしまったよ。年甲斐《としがい》もなくね」

「あははは。だけど、よくドラゴンなんて強力なモンスターを倒せたね」

ドラゴンは、モンスターの頂点に立つと言われている生き物の一つだ。

幼生ならもっと上の階に出現するが、成長したドラゴンを見た者は、今までいなかった。

そのため、探索者《シーカー》の中でドラゴンと言えば、今まではドラゴンの幼生のことを指していたのだという。

ところが、マーベルたちが第十階層から持ち帰ったドラゴンの素材を見た探索者《シーカー》を始め、多くの人たちは、その認識が間違っていたということに気付いた。

前人未到の第十階層。そこに初めて到達したマーベル率いる【赤龍の牙】の主要パーティたちは、探索中に遭遇したというドラゴンを、今までとは桁違いの大きさだったと評した。

実際に討伐したマーベルたちの話も人々の興味を引いたが、何よりもドラゴンの素材という実物が、その話が嘘でないことを明確に物語っていた。

「まったくだ。あんたのギルドのおかげだよ」

「どういうことだい？」

「薬は効果も高く、しかも飲みやすい。あれなら元々量は少なくて済むし、何本飲んでも気分が悪くならずに戦える。しかもあんたんとこの作ったミスリル製の武具。これまた凄かったね」

「カーラは凄腕の鍛冶師だからね」

自分のメンバーの仕事が褒められたことに喜びながら答える。

すると、マーベルは首を横に振った。

「もちろん素晴らしい出来栄えだ。しかし、私が褒めたのは、あのミスリルの魔力親和性の高ささ。どうやってるのか知らないが、魔法を主体で戦う私らには、もう手放せない代物だよ。あんたが錬成したんだろう？　あの素材」

「ああ。それは――」

話の途中だったが、再び扉がゆっくりと開いたので、俺は喋《しゃべ》るのを止めた。

入ってきたのは、背筋に棒でも入っているのではないかと疑うような姿勢の正しい、白髪の老人だった。

マーベルがその人物を前に立ち上がったのを見て、俺も慌てて立ち上がる。

老人はにこやかな顔をしながら、それを右手で制する。

「座りなさい。それで、ああ、ハンス君はワシと初めて会ったのだね。先に自己紹介をしておこう。ワシはこの管理局の長《おさ》を任されている、イェルガーという者だ。今後ともよろしく頼むよ」

「はい。イェルガーさん。ハンスと言います。よろしくお願いします」

管理局は国の機関であり、その長ということは相当な権力者ということだ。

しかも、この管理局というもの。国中に複数あるが、通常は街一つにつき一個あるようなものでもないらしい。

他のところであれば、複数の街や町を管轄しているのがほとんどだとか。

その中で、この街の管理局は街一つのみを管轄するために存在する数少ない例外だ。

それをアイリーンから説明された時は、オリジンの街が他の街に比べて栄えている証拠だと理解した。

「それで、もうすでに簡単な知らせは行っていると思うが、今年のギルド祭、特別表彰をするということに異存はないかね？」

「ええ。光栄なことだね」

マーベルが大袈裟な手振りでそう言い、俺は無言で頷いた。

それを確認したイェルガーは、満足そうに頷いてみせた。

「よろしい。それでは、具体的な説明に移ろう。まずはハンス君。君からだ」

「はい」

「ワシも驚いたんだが、今年できたばかりのギルドがこんな偉業を成し遂げるとはな。素直に称賛するよ。おめでとう」

「ありがとうございます」

「正直なところ、【赤龍の牙】がドラゴン討伐なんていう偉業中の偉業を成し遂げなければ、ハンス君のギルドが今年の一番だったかもしれない」

「ちょいと、私のギルドが一番じゃあ気に食わないってのかい？」

マーベルが冗談めいた口調で野次を入れる。

それを聞いたイェルガーは、肩をすくめて言い返す。

「おいおい。お前とワシの仲だろう。まったく。頼むからハンス君はマーベルのようにはなってくれるなよ？」

「は！　ハンスが私みたいになれる玉かね。こいつはきっともっと上に行くよ」

イェルガーとマーベルのやり取りを見ながら、俺はどう対応すればいいのか分からずにいた。

どうやら二人は古くからの知り合いらしい。

「まったく、マーベルのせいで説明が中断されてしまったではないか。それで、ギルド祭初参加にもかかわらず、僅差で【赤龍の牙】には敗れたものの、他の追随を許さぬ売り上げを上げた【賢者の黒土】に特別賞を授与したいと思う」

「ありがとうございます」

「ついては、実は今回、国から打診があってね。ギルド会の理事は通常優勝したギルドのギルド長一人がなるのだが、ハンス君、君にも補佐として参加してほしい」

「え⁉　俺がギルド会に⁉」

その話を聞いていたマーベルは右の眉を上げるだけだった。

人の表情を読むのが苦手な俺には、彼女がこの決定をどう受け止めたのかは分からない。

「いいじゃないか。何も怖がることはない。私がいるんだ。大船に乗ったつもりで参加すればいい」

「そ、そうだね」

どうやらマーベルは歓迎してくれているらしい。

マーベルのあと押しもあり、俺はイェルガーに承諾する旨を伝えた。

「そうか、そうか。それはよかった。それでマーベルだが、お前は分かっている通り、理事として来月からギルド会に参加してもらう」

「来月だって⁉　どういうことだい？　理事の変更は新年明けてからのはずだろう」

マーベルの顔が驚きの表情に包まれる。

確かに、アイリーンから聞いていた話もそうだったはずだ。

マーベルの問いに、イェルガーは言いにくそうな顔をしながらゆっくりと口を開いた。

俺はその話を聞いて驚愕する。

「うむ。本来はそうなんだがな。知っての通り、これまでの理事は【白龍の風】のギルド長、ゴードンが務めておったのだが。ああ、そういえばハンス君はもとそのギルド出身だったね」

「ええ。その、ゴードンに何か問題でも？」

「問題も問題さ。実は、昨日付で【白龍の風】は解体された」

「なんですって⁉」

隣を見ると、マーベルも目を見開いている。

どうやら、彼女もそのことは初耳だったらしい。

イェルガーは困った顔をしながら、説明を続ける。

「それで、さすがにギルド長でもなくなった者に、このまま理事を続けさせるわけにもいかん、ということになってな」

「それで、来月から私が、ってことかい。こりゃ急だねぇ」

「すまない。こんな事態は初めてでな。管理局としてもできるだけの手伝いはするつもりだ」

「まぁ、そうなっちまったものは仕方ないね。任せときな。伊達に長生きしていないんだから」

俺は二人のやり取りを右から左へ聞き流しながら、【白龍の風】が解体されたという事実を、頭の中で反芻《はんすう》していた。

どういう理由か、イェルガーは教えてくれるだろうか。

「イェルガーさん。もし問題がなければ、言える範囲でいいので、何故【白龍の風】がなくなったのか、理由を教えてもらえませんか？」

「うむ……まぁ、どうせそのうち皆に広まることだろうからな……」

そう言って、イェルガーは【白龍の風】が解体された理由を教えてくれた。

その理由は聞いていて、頭の痛くなるものだった。

すでに祭の最中に耳にしていたことだが、俺が抜けてからというもの、まるで呪われたように、全てがうまくいかなくなっていたらしい。

俺の代わりに雇った錬金術師《アルケミスト》は不良品を連発し逃亡、俺が作っていた素材を元に武具を作っていた鍛治師たちも、軒並み辞めていった。

他の職人たちも、それを見て今まで耐えていた堪忍袋《かんにんぶくろ》の緒が切れてしまったらしい。

きっかけは【赤龍の牙】との関係解消とも言われているとイェルガーが述べた時には、マーベルは少し嫌そうな顔をしていた。

多くの職人たち、そして所属していた探索者《シーカー》たちが辞めていったため、【白龍の風】はすでにギルドとしての機能をほぼ失ってしまっていた。

そこへ、管理局の査察が入った。

理由は、【白龍の風】がギルド祭中に、他ギルドの評判を下げようと違法なことをしたと、報告が相次いだからだ。

念のためと、調べることが決まった際に、今度は管理局内からゴードンが虚偽の報告をしている可能性があるという話が上った。

結果調べてみれば、どちらも黒。

今まで管理局に納める金額を過小に見積らせていた罰と、他ギルドに対する嫌がらせに対しての罰金を支払わせることが決まった。

ところが、すでに【白龍の風】にはそんな金額を払えるだけの体力は残っていなかった。

結局、罰金を払えぬギルドを存続させるわけにはいかないので、ギルド解体ということになった、というわけだ。

「しかし、嫌がらせを受けていたのが、まさかハンス君のギルドだとは、報告をもらった時は驚いたよ」

「まったく。あいつも親から受け継いだ大きな遺産を食い潰すだけじゃ飽き足らず、汚名まで塗りたくったんじゃあ、あいつの父親も今頃悲しんでるだろうさ」

俺は何て答えればいいのか分からず、理由を教えてくれたことのお礼を言うのが精一杯だった。

その後、のちに広場で行われる祭の表彰への参加に関する説明をもらい、俺はみんなの待つ自宅へと向かっていた。

管理局から自宅へ戻る最中に、【白龍の風】のギルドの建物の前を通りかかる。

管理局に向かう時には気付かなかったが、あれだけ栄えていたギルドの本部は、今や人影一つ見当たらず、静寂を保っていた。

少し感傷に浸りながら更に歩を進めていくと、突然目の前に痩せ細った顔色の悪い男性が飛び出してきた。

俺は驚きながらその男性を避けて通ろうとすると、男性はそれを遮るように動き、そして両手で俺を掴んでくる。

近くになってようやく、その人物が誰なのか分かる。

あれだけふくよかだった脂肪がどこへ行ってしまったのか分からないほど、ゴードンの見た目は変わっていた。

かつては威圧感を与えていた目も今や周囲に大きな隈ができていて、焦点が定まっていないようにも思えた。

　ゴードンは掴んだ俺にすがるようにしながら、嘆願してくる。

「ハンス！　俺だ！　ゴードンだ！　お前は俺を見捨てたりしないよな!?　お前を拾ってやり、ここまで育ててやった恩を思い出してくれ!!」

　ゴードンは、濁った目で俺を見つめ、返答を待っている。

　しかし分からないのは、何故あんなにも無能だ辞めろと言っていた俺に、二度も戻ってこいなどと言ってくるのかだ。

　ゴードンを見つめ返したまま黙っていると、ゴードンは更に言葉を続けてきた。

「分かっているだろう、ハンス。お前は世間知らずだ。お前の作る錬成品はどれも逸品だ。しかしどんな素晴らしい道具でも使い手次第でダメにもなる」

　ゴードンはまるで自分に酔っているような口調でまくし立てる。

「お前は道具。俺はその使い手だ。お前を使いこなせるのは俺しかない。戻ってこいハンス。お前がいれば、一からでも俺はまたやり直せる」

「……その考え方が、すでに間違っているんだ。俺はあんたの道具なんかじゃない」

　俺は今なおすがりつくゴードンを、半ば力ずくで押し離す。

　勢いがついてしまい、ゴードンは腰から落ちるように地面に倒れた。

「何をするんだ!?　俺の言ってることが分からないのか？」

「分かっていないのはあんたの方だ。もうこれ以上俺に構うな。何度言われても、あんたの元に戻るなんて絶対にありえない！」

やり取りが長引いたせいで、周りには人が集まってきた。

遠目で俺たちのことを眺めているようだ。

「お前が……お前が悪いんだ。お前が俺の元から勝手に出て行かなければ……道具が持ち主の手元から勝手にいなくなっては！　ダメだろうがー!!」

ゴードンは尻餅をついたままぶつぶつと言い始めたと思ったら、突然立ち上がり、懐から小ぶりのナイフを取り出した。

「ゴードン！　何をするつもりだ!?　正気か!!」

俺の声かけも虚《むな》しく、未だにぶつぶつと独り言を言っている。

小ぶりだと言っても、刃物は刃物だ。

あれで刺されれば、運がよくても重症、悪ければ命も危ない。

ゴードンが探索者《シーカー》のような戦闘術を身につけているとは思えないが、それは俺も同じ。

相手の凶刃から身を守る術など、身につけてはいない。

「ハンス！　お前が、お前が悪いんだぁぁぁ!!」

「やめろー！　ゴードン!!」

奇声を発しながら、ゴードンは両手でナイフをしっかりと握りしめ腰の位置に持つと、その格好のまま俺に向かって突進してきた。

俺は慌てて大きく右に避ける。

「きゃああ！」

「危ないぞ！　下がれ！　いや！　誰かあの男を止めろ!!」

周りで見ていた人たちも、事態の深刻さに気付き、それぞれ声を上げる。

俺に避けられて一度すれ違う形になったが、ゴードンはすぐにこちらを振り向き、再び狙いを定めている。

「ゴードン！　俺を殺してどうする気だ！」

「お前が、お前が俺の元から離れなければ！　黙って俺の言うことだけ素直に聞いていればぁぁ!!　……うぐぅ!!」

再度突進した瞬間、後ろから頭を殴られ、ゴードンはその場に前のめりに倒れた。

その出来事に驚き、ゴードンの陰から出てきた男の姿を見て、俺は更に驚いてしまった。

「よぉ。なんか大変なことになってたみたいだな。思わず手を出してしまったが、これでよかったのか？」

「……マルフォ。助かったよ」

現れたのはマルフォ。

うちの薬を何度も買いに来てくれている常連客だ。

以前、ゴードンが仕込んだ嫌がらせを受けた際に、率先して助けてくれた恩人でもある。

マルフォはうつ伏せに倒れて動かないままのゴードンの腕を、腰から取り出した縄で縛ると仰向けにした。

「んで。こいつは誰なんだ？　今にも死にそうな幸薄そうな顔をしてるが」

「ゴードン。元【白龍の風】のギルド長で、俺の雇い主だった人だよ」

「なんだって!?　ゴードンといや、何度も見たことがあるが、もっとオークみてぇなやつだったはずだぞ!?」

「俺も驚いたけど。まぁ色々あって、こうなっちゃったみたいだよ」

マルフォに言われて改めてゴードンを見る。

昔の面影のかけらもなく、萎《しぼ》んでしまった身体は、他に着るものがなかったのか、見覚えのあるブカブカの服に包まれている。

その服から見え隠れする肌は、ところどころに今できたとは思えない傷があった。

意識は取り戻したみたいだが、まるで正気を失ったようにブツブツと独り言を繰り返している。

「ダンジョン内ではそれなりにないわけでもないが、言うまでもなく人を襲うのは犯罪だ。これだけ多くの人が見ていたんじゃ言い逃れもできねぇ。まさか、庇《かば》ったりもしないよな？」

マルフォの言葉に、俺は顔を横に振る。

それに頷いたマルフォは、ゴードンを力任せに立ち上がらせた。

「うぐっ！　な、何をする!!　無礼者！　俺を誰だと思ってるんだ!!」

「誰と思ってるだって？　犯罪者だろ？　それじゃあハンス。お前に任せるのも気が引けるから、俺がこいつを衛兵に引き渡してやるよ」

「離せっ！　この！　ハンス!!　何をぼーっと見てる！　早く俺を助けないか!!　ハンス!!」

「うるせぇ!!　さっさと歩け！　あんまりうるさいと、また意識飛ばすぞ！」

マルフォに引きずられるように、ゴードンは連れていかれてしまった。

事態の収拾がついたことで、周りで様子を見ていた人たちも普段の動きに戻る。

一つだけ、改めて分かったことがある。

それは、ゴードンが俺の作る錬成品を認めていたということ。

心の中に残った最後の小さなトゲが、やっと抜けたような解放感に、俺は一度伸びをする。

顔をくすぐる風が、何故だか俺には祝福の息吹に感じられた。

☆☆☆

「よぉ。今日はここにいるんだな。いつも通り、上級回復薬をくれ」

「ああ。マルフォ。いらっしゃい。この前は本当にありがとう」

ゴードンとの一件から数週間が経ち、久しぶりに店に出ていると、マルフォがやってきた。

向こうから話しかけてきたのもあるが、俺も少し話が聞きたかったので、自分で対応する。

「それで、あいつのことが聞きたいだろうと思ってな。まぁ、ひどいもんだ」

「ありがとう。正直、気になっていたんだ」

「元【白龍の風】のギルド長、ってあの時言ってたってことは、すでにギルドがなくなってるのは知ってるな？」

「うん。それは確かな筋から聞いていたんだ」

そのあとのやり取りで、マルフォはゴードンがどうなったかを、知っている限り詳細に教えてくれた。

どうやら顔が広いらしく、かなり詳しい話がいくつも出てくる。

マルフォが衛兵に引き渡したあと、ゴードンはすぐに牢屋に入れられた。

イェルガーは俺にあえて言わなかったのかもしれないが、ゴードンはすでに数え切れないほどの罪を犯していたらしい。

捕まる前に逃げだしたらしいが、そんな逃亡の身なのにわざわざ俺の前に現れた時点で、どこか正気を失っていたに違いない。

牢屋の中でも一人でブツブツと独り言を繰り返し、俺の名前も時折出てきたのだとか。

しかし事態は急を告げた。

何者かが牢屋に侵入し、ゴードンが殺されてしまったという。

その話を聞いた時は、さすがの俺も心臓が止まるくらい驚いてしまった。

思わず、マルフォに間違いないのかと何度も聞いてしまったほどだ。

「ここからはなんの証拠もないが、他のギルド会の理事が怪しいんじゃないかと風の噂で流れてる。もちろん、そんなこと言ったら自分の身が危ないから、あくまで噂だけどな」

「他の理事が？　どういうことだい？」

「すでに犯罪を多く犯しているって言っただろ？　それは理事特権をうまく使って隠されていた。つまり、他の理事にもそういうことをしている奴がいるかもしれない。ゴードンを調べられたら、下手するとそれがバレる。あとは、死人に口なしって考えの奴が出てもおかしくないって話だ」

「保身のためか……」

ゴードンが死んでしまったことは驚いたが、可哀想だと思えない自分がいることに気が付いた。

俺は知らなかったが、ゴードンが無茶をさせたせいで、自ら命を絶ったギルドメンバーも過去にはいたらしい。

因果応報。

まさか自分がこうなるとは思いもよらなかっただろうが、罪を暴かれ精神に異常を来《きた》してしまうようなことをしてきた結果だろう。

「そういえば話は変わるが、色々調べてる時に管理局に寄ることがあってよ」

「うん。管理局がどうかしたのかい？」

「管理局はどうもしないんだが、あそこに貼ってあった貼り紙。本当か？」

「ん？　ああ。求人の話かい？」

ギルド祭を終え、無事に多額の売り上げを達成したおかげで、ギルドの認定ランクが上がり、これまでよりも大勢のメンバーを登録することができるようになった。

それに合わせて、アイリーンに止められていた求人票の貼り出しを再開したのだ。

アイリーンの話によると、すでに大勢の職人や探索者《シーカー》が応募に来ているらしい。

「そうだ。よかったら、俺も雇ってくれないか？　それにしても、あの条件は正気か？」

「正気さ。ここにいる人も含めて、うちのメンバーは全員あの待遇なんだ。マルフォは二度も助けてくれた恩人だからね。断る理由なんてないよ」

「本当か!?　聞いてみるもんだな。よし！　じゃあ、これからはお前の身は俺が守ってやろう。よろしく頼むぜ。ギルド長！」

「こちらこそよろしく。【賢者の黒土】へようこそ！」

マルフォが新しくメンバーに加わったことをあとでアイリーンに伝えたが、特に問題はないようだ。

彼女いわく、このギルドのギルド長は俺なのだから、最終的な決定権は俺にあるということらしい。

他にも、何人かめぼしい人がいるというので、次の日会ってみることになった。

それも最終判断はギルド長の俺が決めるべきということなんだとか。

俺はスライムに薬の素材を仕込んだあと、一度だけ亡くなったゴードンのことを思い浮かべた。

そして、その全てがもう遅かったと思い、目を閉じる。

気持ちを切り替え、明日会う人物を考えながら、俺は床《とこ》についた。

番外編――乙女たるもの――

ギルド祭も終わり街の賑やかさも落ち着いてきたある日のこと、俺がギルドの中を歩いていると、新しく入ったギルドメンバーからこんな声が聞こえてきた。

「なぁ。ここの探索者《シーカー》のソフィアさんさ、美人だよなぁ。付き合っている人とか、いるのかな？」

「ばーか。いるに決まってんだろ？　あれでいなかったら逆に驚きだぜ」

「でもよ。綺麗なだけじゃなく、あんなに強いんだぜ？　お似合いって人を探すのも一苦労だと思うけどな」

「あーそれはな。まぁ、いずれにしろ、俺たちには関係ない話だろ。俺たちが付き合うなんてことは天と地が逆さまになっても、ありえないんだから」

そんなことを聞いてしまった俺は、そんなもんかな、と思っていた。

自慢じゃないが、生まれてこの方、異性と付き合ったことも付き合いたいと思ったこともない。

というのも、物心ついた時にはゴードンの元でこき使われていたため、そんな時間も気持ちの余裕もなかったのだ。

今はある程度時間に余裕はあるものの、いわゆる多感な時期にそんな生活をしていたため、俺は恋愛感情というものにからっきしだった。

「そういえばさ。噂だけど、ソフィアさん、祭りの時にギルド長と一緒に回っていたらしいぜ。あの二人、付き合ってるのかな？」

「ギルド長が？　ないだろ。確かにあの人の錬金術師《アルケミスト》としての腕は凄いが、やっぱり男は強くないとな」

そう言いながら、一人が力こぶを作って見せる。

確かにあの腕の太さなら、俺なんか力では勝ち目はないだろう。

なんて思いながら、俺はその二人の横を通り過ぎた。

「あ！　ギルド長。お疲れ様です!!」

「うん。ご苦労様」

俺の存在に気付いた二人は、慌てた様子で俺に挨拶をする。

別に手を動かしていれば話しながら仕事してもいいと思っているので、そんな慌てる必要はないと伝え、俺はギルドの中を更に歩いていた。

「あ、ハンス。探したんだぞ。こんなところで何してるんだ？」

しばらく歩いていると、向こうからソフィアが声をかけてきた。

彼女は俺がこのギルドを作ったきっかけを作ってくれた人で、更に最初のギルドメンバーでもある。

とにかく、このギルドが今あるのもソフィアの多大な協力があったからと言えた。

「特に用事はないんだけどね。手が空いたから、何かいい商品の考えが浮かばないかと、歩きながら考えていたんだよ。俺を探しているって、どうしたの？」

「あ、ああ。実はな。今度、ちょうど私とハンスが休みになる日があるだろう？」

このギルドは、他のところではあまり見ない、週に二日の休みがある。

さすがに一斉に休むわけにもいかないので、月ごとにそれぞれの希望に沿って休みを配分するのも、俺の重要な仕事の一つだ。

ソフィアが言う二人の休みが一緒になるという日は、今週ではなく、来週のことを言っているのだろう。

「うん。あるね。それがどうしたの？　俺たちの休みが被るなんて、そんなに珍しいことじゃないと思うけど」

「あ、ああ。実はな。最近新しい店ができたみたいでな。ほら！　ハンスは祭りの時、食べてばかりだっただろう？　ハンスは食べるの好きそうだったから、一緒にどうかと思ってな」

どうやら、食事のお誘いのようだ。

確かに、美味しいものを食べるのは楽しい。

今まで口に入れればなんでもいいというような生活をしてきたせいか、それとも心に余裕ができたおかげか、最近は色々と美味しいものを食べるように心がけるようになっている。

そんなわけで、この街のことなら俺なんかよりずっと詳しいソフィアが行きたくなるような店に、行かない選択肢はなかった。

しかし、俺は先ほど聞いた話を思い出す。

ソフィアがもし付き合っている人がいるなら、俺なんかと行かずにその人と行った方がいいんじゃないかと思ったのだ。

「俺はぜひ行きたいところだけど。ソフィアは問題ないの？」

「うん？　問題とはどういうことだ？」

「付き合っている人がいるなら、その人と一緒に行った方がいいんじゃないかと思ってさ」

俺の何気ない疑問に、何故かソフィアは顔を真っ赤に染めて、全力で否定してきた。

「ば、馬鹿なこと言うな!!　付き合っている人なんて私にはいないぞ？　なんでそんな話になるんだ!?」

「あ、そうなんだ。実はね。さっきこのギルドのメンバーの二人がそんなことを話していたからさ。いないのなら、問題ないのかな？　それじゃあ、楽しみにしているよ！」

俺がそう言うと、ソフィアは嬉しそうな顔をして、集まる場所と時間を告げると、足早に去っていった。

それを見届けたあと、俺は別の疑問が浮かび上がり、つい独り言を言う。

「そういえば、それぞれの休みを俺は知っているけど、他の人にはわざわざ全部は教えてないんだけどな？　他に知っているとしたらアイリーンくらいだけど、なんでソフィアは俺がその日休みだって知っていたんだろ？」

　そんなことを呟きながら、俺は再びいい案が浮かばないかと、ギルド内を歩き回った。


　手が空くたびに新しい商品のことを考えていたが、結局ソフィアと食事をする日になっても、何も浮かばなかった。

　その日もぼんやりと新商品のことを考えながら、約束の場所へと向かう。

　少し早く着きすぎてしまったようで、ソフィアが来るのをその場で待つことにした。

　通りには、多くの人たちが行き交い、男女の二人が仲よさそうに歩いているのも少なくない。

「待たせたな。予定より早く来たつもりだったんだが……」

「あ、ソフィア。大丈夫。まだ予定の時刻になってないと思うよ。俺が早く来すぎたんだ。それに今来たばかりだから、そんなに待ってないよ」

　そう言いながら、近付いてきたソフィアに目を向ける。

　今日のソフィアは祭の時のようなドレス姿をしていた。

　普段は三つ編みに束ねている長い金髪も、そのまま下ろしている。

　いつも三つ編みにしているせいなのか、それとも元からなのか分からないが、下ろしたその髪は緩やかに波打ち、どこかで見た神話の女神のようにも見えた。

「そうか。それならよかった。こっちから誘っておいて待たせていたのなら、申し訳ないからな」

「それで、今日は何を食べに行くんだい？　楽しみにしていて、お腹ぺこぺこだよ」

俺が聞いた時、ソフィアはしまった、という表情を作った。

「そういえば言ってなかったな。すまん。今日は、その、食事というか、甘味を食べに行こうと思っていたんだ。それだけじゃあ、さすがに腹は膨れんだろう。予定を変更して、何か別のものを食べに行こうか」

「いや。いいよ。せっかくソフィアが行きたい店に誘ってくれたんだから、そこに食べに行こう。もしお腹に余裕があったら、そのあと何か食べればいいんだし」

実際、俺はソフィアが食べたいというものに興味があるのだ。

甘味もどちらかと言えば好きな方だ。

自分で言ったように、物足りなければあとで一人で何か追加で食べればいい。

何より、空腹は最高のスパイスだという言葉があるように、今その甘味を食べれば格別の味を楽しめるかもしれない。

「分かった。すまないな。こっちだ。ついてきてくれ」

ソフィアの案内で、俺は少し入り組んだ道を通り過ぎ、一軒の小さな店の前へとたどり着く。

そこは他の建物と同じような作りだったが、店先に見たことのない旗が掲げられていた。

青と白と赤の三本の線で作られたその旗は、どうやら異国の旗のようだ。

ということは、この店はその国の甘味を提供する店ということだろうか。

「ここだ。ひとまず入ろうか」

「うん」

扉を開けると鈴が付いていたらしく、チリンと音がした。

「いらっしゃい。二名さんかな？」

頭の上に白い筒状の帽子を乗せた男が、店の奥から声をかけてくる。

どうやらこの人がここの料理人のようだ。

厨房では、何やら黄色のドロッとしたものが鍋に入っていて、それをしきりにヘラでかき混ぜていた。

男の案内に従い、俺とソフィアは席に着く。

「シュアラクレムを二つ」

ソフィアはこの店で売られているものが何か知っているようだ。

注文を聞くと男は頷き、積まれていたこぶし大の塊に金属の筒を突き刺し始めた。

その筒の反対側に、先ほど鍋で煮ていたものと同じ黄色のドロッとした液体を流し込むと、レバーを数回上下させる。

それを二度繰り返すと、それぞれを別々の皿に載せて、こちらへと運んでくる。

「お待たせしました。ごゆっくりと」

そう言うと一度厨房へ戻り、お茶の入った容器を机に置いてくれた。

どうやらこの岩のようなものの中に、先ほどのものを詰めたお菓子らしい。

食べ方が分からずソフィアの様子を見ていると、皿の横に置かれたフォークとナイフを器用に使い、切り分けて食べ始めた。

前から思っていたが、ソフィアの食べ方は上品で、その振る舞いはどこか高貴な育ちであることを彷彿とさせる。

俺も見様見真似で食べてみることにした。

思いのほか、外側の部分は硬くなく、押し切ろうとした勢いで中身が少しはみ出してしまう。

しかし気にせず、小さく切り分けたものと合わせて口に運んだ。

「わぁ、甘い！　それにこの周りはサクサクとして美味しいね！」

「美味しいだろ!?　私も知り合いから聞いていて、一度は食べてみたいと思っていたんだ。思った以上に美味だな！」

ソフィアは以前上級魔法薬が美味しかったと言って見せた顔と同じように、喜色ばんだ表情を見せる。

どうやら、ソフィアは俺以上に美味しいものに目がないらしい。

「ソフィアのおかげだよ。ありがとう。そういえば、今日は珍しく髪を下ろしているね？」

「き、気付いていたのか？　ど、どうかな？」

気付いていたも何も、これだけ髪が長ければ気付かない人も珍しいだろう。

そう思っても、さすがに口に出す気にはならず、質問について答えることにした。

「綺麗だと思うよ。さっき待ち合わせ場所で見た時は、神話の女神に似てるって思ったんだ」

「そ、そうか？　いや、言いすぎだろう。まったく。ハンスは口がうまいな」

「それにしても、それだけ長い髪だと、色々大変そうだね？　自分で手入れしているんでしょ？」

「うん？　あ、ああ。そうだな。今の状態で寝ると朝起きた時絡まって大変だし、ダンジョンに潜れば砂などが入り込むし、本当に手間がかかる」

確かに、髪の毛の手入れは大変だと聞いたことがある。

特に汚れを落とすのが一苦労だとか。

「そうだ。もし、汚れを綺麗に落とせるものがあったら、売れるんじゃないかな？」

「うん？　どういうことだ？」

「ずっと、新商品のことを考えていてさ。今の話でいい案が思い浮かんだよ。できたら、ソフィアに試してもらいたいんだけど、いいかな？」

俺がそう言うと、ソフィアは少し不機嫌そうな顔をした。

しかし、小さくため息をつくと、その表情も消え、構わないと返事をくれる。

「ありがとう。よし、早速、帰って試作品を作ろう。今日はありがとう。美味しかったよ。ソフィアはこれからどうするの？」

「え？　あ、もう帰るのか。そうか。私はそうだな……作るところを見ていてもいいか？　どんなものができるのか興味がある」

「いいよ！　じゃあ、ギルドに戻ろうか」

新しい商品の可能性が思い浮かんで喜ぶ俺に対し、ソフィアは何故か、少し残念そうな顔をしていた。


「それじゃあ、【石鹸】っていうのを作るよ！」

「せっけん？　なんだそれは」

「まぁ、見ててよ」

石鹸というのは動物の油や植物の油にアルカリアの灰などを混ぜると浮かんでくる白いどろどろとしたものを集めて固めたもののことをいう。

俺にはベーススライムがいるので、より簡単にその作業をすることができる。

これも前世の俺の記憶がさっき教えてくれた知識で、この作業を【鹸化】という。

早速オイルバの種油とベーススライムから得た液をヒートスライムに与える。

そして、しばらく待つと、白いどろどろとしたものがいくつも出来始めた。

「これを集めて、塩水で洗うんだ」

「おい。こう言っちゃなんだが、見た目がよくないが、こんなもので髪を洗うのか？」

「まだ途中なんだ。もう少し待っていてよ」

俺は取り出したものを高濃度の塩水で洗い流していく。

こうすることで、不純物は取り除かれ、必要な成分だけが残る。

これを乾燥させて固めたものが石鹸で、汚れを落とすのに適しているというのが前世の俺の記憶だ。

「できたよ。いきなり髪に使うのは大変だろうから、これで手を洗ってみてよ」

「どうやるんだ？」

「水で手を濡らして、この石鹸を擦り付けると泡ができるんだ。それが汚れを落としてくれるんだよ」

自信満々に言う俺だったが、残念なことに結果は俺の思った通りには行かなかった。

というのも、記憶の中では手が隠れるほどの泡立ちが起こっていたのに、俺が作った石鹸は、そんなに泡立ちがよくなかったのだ。

「へー。これは面白いな。これで髪を洗えば、水でただ流すよりきれいになるのか？」

「いや……ごめん。これじゃあ駄目みたいだ」

「うん？　どういうことだ？　ハンスの言う通り、この石のようなものを擦ったら、泡ができたぞ？」

不思議そうな顔をするソフィアには悪いが、きっとこのことを説明しても理解してもらえないだろう。

これも前世の俺の記憶だが、石鹸の泡立ちを悪くするものがある。

それは、驚くことに水の中に潜んでいるんだとか。

そう聞くと恐ろしい気もするが、別に身体に毒というわけじゃない。

ただ、その物質が大量に溶け込んでいる水で石鹸を使うと、洗ったあとに白いカスのようなものが残りやすい。

それでは、せっかく髪を洗っても意味がない。

俺はもう一度考えてみることにした。

そこで俺はもう一つの方法を思い出した。

「ちょっと待ってて！　今度はさっきよりもっと泡立ちのいいものが作れるはずだから!!」

「あ、ああ。これでも私はいいと思うんだけどな……」

未だに石鹸で手を洗っているソフィアを横目に、俺はもう一度錬成を始めることにした。

使うのは、アシッドスライムの強酸液、そしてベーススライムの液だ。

まずはアシッドスライムの強酸液とオイルバの種油を一緒にヒートスライムに与える。

どのくらいの時間が必要なのか分からないが、ひとまずは少しでもできたらいいという考えで、ある程度の時間で作業を止める。

ヒートスライムに与えた液の混合物を吐き出してもらうと、今度はそれにベーススライムの液を加える。

今度は先ほどのように固形物は出てこない。

これを様々な方法で精製し、無色透明だが、少しドロリとした液体が手に入った。

「できた!! ソフィア。いったん手を洗い流して。今度はこの液体を手に付けて同じように擦ってみてもらえるかな?」

「分かった。こっちは液体なんだな。こうすればいいのか?」

少量を濡れた手に落とすと、ソフィアは先ほどと同じように手を擦り合わせた。

今度は見る見るうちに泡立っていく。

予想通り、成功のようだ。

「おお! これは凄いな。さっきより凄い量の泡ができるぞ!」

「うん。よかった。これなら、髪を洗っても大丈夫だと思うよ」

「ありがとう。ハンス。早速、帰って髪をこれで洗ってみるよ」

そう言うと、ソフィアは嬉しそうに俺が渡した液を持ち、帰っていった。


次の日、ソフィアが朝早くにギルド長室を訪れた。

入ってきた瞬間、爽やかな香りが鼻をくすぐる。

「ハンス!! 相変わらずだが、お前の作るものは凄いな! 昨日帰って髪を洗ってみたんだが、驚くくらいさっぱりしてな。これはきっと売れるぞ‼」

「そうか。よかったよ。ただ、もう少し改良をしたいと思っているんだ。匂いを付けたりさ。よかったら、ソフィア。しばらくまた付き合ってくれるかな？　付き合うと言えばそうだ。この前食べた甘味、美味しかったからさ。ああいうのもまた一緒に連れていってよ」

俺がそう言うと、ソフィアは満面の笑みで首を縦に振った。

●ISBN 978-4-434-28660-5　●定価：本体1200円＋税　●Illustration：みことあけみ

ある日突然、異世界転移に巻き込まれたフリーライターのゴウ。その上彼が飛ばされたのは、よりにもよって迷宮の最深部——ラスボスである古代竜の目の前だった。瞬殺される……と思いきや、長年囚われの身である竜は「我を倒せ」と言い、あらゆる手段を講じてゴウを鍛え始める。一年の時を経て、超人的な力を得たゴウは竜を撃破し、迷宮を完全攻略する。するとこの世界の管理者を名乗る存在が現れ、望みを一つだけ叶えるという。しかし、元いた世界には帰れないらしい。そこでゴウは、友人同然となっていた竜を復活させ、ともに地上を巡ることにする。迷宮での味気ない食生活から解放された今、追求すべきは美食と美酒!?
異世界グルメ探訪ファンタジー、ここに開幕!

◉定価:本体1200円+税　◉ISBN:978-4-434-28661-2　◉Illustration:匈歌ハトリ

この作品に対する皆様のご意見・ご感想をお待ちしております。

おハガキ・お手紙は以下の宛先にお送りください。

【宛先】

〒150-6008 東京都渋谷区恵比寿 4-20-3 恵比寿ｶﾞｰﾃﾞﾝﾌﾟﾚｲｽﾀﾜｰ 8F
（株）アルファポリス　書籍感想係

メールフォームでのご意見・ご感想は右のＱＲコードから、
あるいは以下のワードで検索をかけてください。

アルファポリス　書籍の感想　検索

ご感想はこちらから

本書はWebサイト「アルファポリス」（https://www.alphapolis.co.jp/）に投稿されたものを、改題・改稿、加筆のうえ、書籍化したものです。

ある化学者《ケミスト》転生《てんせい》
～記憶《きおく》を駆使《くし》した錬成品《れんせいひん》は、規格外《きかくがい》の良品《りょうひん》です～

黄舞《こうぶ》

2021年 3月31日初版発行

編集－藤井秀樹・宮田可南子
編集長－太田鉄平
発行者－梶本雄介
発行所－株式会社アルファポリス
〒150-6008 東京都渋谷区恵比寿4-20-3 恵比寿ｶﾞｰﾃﾞﾝﾌﾟﾚｲｽﾀﾜｰ8F
TEL 03-6277-1601（営業）　03-6277-1602（編集）
URL https://www.alphapolis.co.jp/
発売元－株式会社星雲社（共同出版社・流通責任出版社）
〒112-0005 東京都文京区水道1-3-30
TEL 03-3868-3275
装丁・本文イラスト－カラスロ
装丁デザイン－AFTERGLOW
印刷－図書印刷株式会社

価格はカバーに表示されてあります。

落丁乱丁の場合はアルファポリスまでご連絡ください。

送料は小社負担でお取り替えします。


ISBN978-4-434-28657-5　C0093